LETTRE À MON JUGE

Georges Simenon, écrivain belge de langue française, est né à Liège en 1903. Il décide très jeune d'écrire. Il a seize ans lorsqu'il devient journaliste à *La Gazette de Liège*, d'abord chargé des faits divers puis des billets d'humeur consacrés aux rumeurs de sa ville. Son premier roman, signé sous le pseudonyme de Georges Sim, paraît en 1921 : *Au pont des Arches, petite histoire liégeoise*. En 1922, il s'installe à Paris avec son épouse peintre Régine Renchon, et apprend alors son métier en écrivant des contes et des romans-feuilletons dans tous les genres : policier, érotique, mélo, etc. Près de deux cents romans parus entre 1923 et 1933, un bon millier de contes, et de très nombreux articles...

En 1929, Simenon rédige son premier Maigret qui a pour titre : *Pietr le Letton*. Lancé par les éditions Fayard en 1931, le commissaire Maigret devient vite un personnage très populaire. Simenon écrira en tout soixante-douze aventures de Maigret (ainsi que plusieurs recueils de nouvelles) jusqu'à *Maigret et Monsieur Charles*, en 1972.

Peu de temps après, Simenon commence à écrire ce qu'il appellera ses « romans-romans » ou ses « romans durs » : plus de cent dix titres, du *Relais d'Alsace* paru en 1931 aux *Innocents*, en 1972, en passant par ses ouvrages les plus connus : *La Maison du canal* (1933), *L'Homme qui regardait passer les trains* (1938), *Le Bourgmestre de Furnes* (1939), *Les Inconnus dans la maison* (1940), *Trois Chambres à Manhattan* (1946), *Lettre à mon juge* (1947), *La neige était sale* (1948), *Les Anneaux de Bicêtre* (1963), etc. Parallèlement à cette activité littéraire foisonnante, il voyage beaucoup, quitte Paris, s'installe dans les Charentes, puis en Vendée pendant la Seconde Guerre mondiale. En 1945, il quitte l'Europe et vivra aux Etats-Unis pendant dix ans ; il y épouse Denyse Ouimet. Il regagne ensuite la France et s'installe définitivement en Suisse. En 1972, il décide de cesser d'écrire. Muni d'un magnétophone, il se consacre alors à ses vingt-deux *Dictées*, puis, après le suicide de sa fille Marie-Jo, rédige ses gigantesques *Mémoires intimes* (1981).

Simenon s'est éteint à Lausanne en 1989. Beaucoup de ses romans ont été adaptés au cinéma et à la télévision.

GEORGES SIMENON

Lettre à mon juge

PRESSES DE LA CITÉ

1

A M. Ernest Coméliau, *Juge
d'instruction*,
23 *bis*, rue de Seine, Paris (VIe)

Mon juge,

Je voudrais qu'un homme, un seul, me comprenne. Et j'aimerais que cet homme soit vous.

Nous avons passé de longues heures ensemble,
pendant les semaines de l'instruction. Mais alors il
était trop tôt. Vous étiez un juge, vous étiez mon
juge, et j'aurais eu l'air d'essayer de me justifier.
Vous savez à présent que ce n'est pas de cela qu'il
s'agit, n'est-ce pas ?

J'ignore l'impression que vous avez eue quand
vous êtes entré dans le prétoire. Celui-ci vous est
évidemment familier. Moi, je me souviens fort bien
de votre arrivée. J'étais tout seul, entre mes deux
gardes. Il était cinq heures du soir et la pénombre
commençait à former comme des nuages dans la
salle.

C'est un journaliste — leur table était très près de
moi —, c'est un journaliste, dis-je, qui, le premier,
s'est plaint à son voisin de ne plus y voir clair. Le
voisin l'a dit au suivant, un vieux assez malpropre,
aux yeux cyniques, qui doit être un vieil habitué des
tribunaux. Je ne sais pas si je me trompe, mais je
pense que c'est lui qui, dans son journal, a écrit que
j'avais l'air d'un crapaud à l'affût.

C'est un peu à cause de cela que je me demande

5

quelle impression je vous ai faite. Notre banc — je parle du banc des accusés — est tellement bas que notre tête seule dépasse. Tout naturellement, j'étais amené à tenir mon menton posé sur mes mains. J'ai le visage large, trop large, et facilement luisant de sueur. Mais pourquoi parler de crapaud ? Pour faire rire les lecteurs ? Parce que ma tête ne lui a pas plu ?

Ce sont des détails, excusez-moi. Cela n'a aucune importance. Le vieux journaliste, à qui avocats et magistrats serrent familièrement la main, a adressé un petit signe au Président. Celui-ci s'est penché sur son assesseur de gauche, qui s'est penché à son tour. Et ainsi l'ordre est allé jusqu'à l'huissier, qui a allumé les lampes. Si je vous en parle, c'est que tout ce manège m'a intéressé pendant un bon moment et cela me rappelle que, jeune garçon, ce qui me passionnait le plus à l'église, c'était de voir le sacristain allumer et éteindre les cierges.

Bref, c'est à ce moment-là que, votre serviette sous le bras, votre chapeau à la main, vous vous êtes faufilé, avec l'air de vous excuser, parmi les stagiaires qui encombraient l'entrée. Il paraît — un de mes avocats me l'a affirmé avec chagrin — que pendant la plus grande partie du procès je me suis fort mal tenu. Mais aussi ils ont débité tant de stupidités, et avec une telle solennité ! Il m'est arrivé, me dit-on, de hausser les épaules et même de sourire d'un sourire *sarcastique*. Un journal du soir a publié une photographie de moi prise alors que je souris, souligne-t-il, au moment le plus pathétique de la déposition d'un témoin.

« *Le hideux sourire de l'accusé.* »

Il est vrai que d'aucuns parlent du hideux sourire de Voltaire !

Vous êtes entré. Je ne vous avais jamais vu que derrière votre bureau. Vous m'avez fait penser au chirurgien qui arrive en coup de vent à l'hôpital où l'attendent ses élèves et ses aides.

Vous n'avez pas regardé tout de suite de mon côté. Et moi, pourtant, j'avais une folle envie de vous dire bonjour, d'avoir avec vous un contact

6

humain. Est-ce si ridicule ? Est-ce encore du cynisme, pour employer le mot dont on s'est beaucoup servi à mon sujet ?

Il y avait cinq semaines que nous ne nous étions vus. Pendant les deux mois de l'instruction, nous avions eu des entretiens presque quotidiens. Savez-vous que même l'attente dans le couloir, devant votre bureau, m'était un plaisir, et qu'il m'arrive encore d'y penser avec nostalgie ?

Je revois les portes sombres des juges, alignées comme dans un monastère, la vôtre, les bancs entre les portes, le plancher sans couleur se perdant dans une perspective lointaine. J'étais entre mes deux gendarmes et sur le même banc, sur d'autres bancs, se tenaient des hommes libres, des témoins mâles et femelles, parfois aussi des gens aux poignets chargés de menottes.

On se regardait les uns les autres. C'est cela, c'est tout cela qu'il faudra que je vous explique, mais je me rends compte que c'est une tâche presque impossible. Ce serait tellement plus facile si vous aviez tué, vous aussi !

Tenez ! Pendant quarante ans, comme vous, comme les autres, j'ai été un homme libre. Personne ne se doutait que je deviendrais un jour ce qu'on appelle un criminel. Autrement dit, je suis, en quelque sorte, un criminel d'occasion.

Eh bien ! quand, dans votre corridor, j'observais les témoins, hommes ou femmes, parfois des gens que je connaissais, puisqu'ils étaient témoins dans ma cause, nos regards étaient à peu près ceux que peuvent échanger, par exemple, un homme et un poisson.

Par contre, avec ceux à menottes, il se créait automatiquement une sorte de lien de sympathie.

N'allez pas vous méprendre. Il faudra probablement que je vous en reparle plus tard. Je n'ai aucune sympathie pour le crime, ni pour l'assassin. Mais les autres sont par trop bêtes.

Pardon. Ce n'est pas non plus ma pensée exacte.

Vous êtes entré, et justement, pendant la suspension d'audience, un peu plus tôt, après la lecture de l'interminable acte d'accusation — comment un homme de bonne foi peut-il accumuler sur un de ses semblables autant d'inexactitudes ? — je venais d'entendre parler de vous.

Indirectement. Vous connaissez la petite pièce dans laquelle les accusés attendent avant les séances et pendant les entractes. Cela fait penser aux coulisses d'un théâtre. Moi, cela me rappelait plutôt des souvenirs d'hôpital, les parents qui attendent le résultat d'une opération. On passe devant eux — nous passons devant eux — en causant de nos petites affaires, en enfilant nos gants de caoutchouc après avoir éteint notre cigarette.

— Un tel ? Il est nommé à Angers...

— Est-ce qu'il n'a pas passé sa thèse à Montpellier en même temps que...

J'étais là, sur un banc luisant, comme les parents de malades. Des avocats passaient, achevaient leur cigarette, me regardaient vaguement, sans me voir, comme nous regardons le mari d'une patiente.

— Il paraît que c'est un type très bien. Son père était juge de paix à Caen. Il a dû épouser une des filles Blanchon...

C'est de vous qu'on parlait de la sorte. Comme j'en aurais parlé quelques mois plus tôt, quand nous appartenions à un même monde. A cette époque-là, si nous avions habité la même ville, nous nous serions rencontrés deux fois par semaine devant une table de bridge. Je vous aurais appelé « Mon cher juge » et vous « Mon cher docteur ». Puis, avec le temps :

— Mon vieux Coméliau...

— Mon bon Alavoine...

Est-ce que nous serions devenus vraiment amis ? C'est en entendant parler de vous que je me le suis demandé.

— Mais non, répliquait le second avocat. Vous confondez avec un autre Coméliau, Jules, son cousin, qui a été rayé du Barreau de Rouen voilà deux ans et qui a en effet épousé une demoiselle Blanchon... Ce Coméliau a épousé la fille d'un médecin dont le nom m'échappe...

Encore un détail qui nous rapproche.

A La Roche-sur-Yon, je compte quelques magistrats parmi mes amis. Je n'ai jamais pensé, *avant*, à leur demander s'il en est pour eux de leurs clients comme pour nous des nôtres.

Nous avons vécu près de six semaines ensemble, si je puis ainsi m'exprimer. Je sais bien que pendant ce temps vous aviez d'autres soucis, d'autres clients, d'autres travaux, et que votre existence personnelle continuait. Mais enfin je représentais, comme pour nous certains malades, le cas intéressant.

Vous cherchiez à comprendre, je m'en suis aperçu. Non seulement avec toute votre honnêteté professionnelle, mais en tant qu'homme.

Un détail, entre autres. Nos entretiens ne se passaient pas en tête à tête, puisque votre greffier et un de mes avocats, presque toujours Mᵉ Gabriel, y assistaient. Vous connaissez votre cabinet mieux que moi, la haute fenêtre qui donne sur la Seine, avec les toits de la Samaritaine comme peints sur une toile de fond, la porte souvent entrouverte d'un placard où sont suspendues une fontaine d'émail et une serviette. (Il y a, chez moi, la même fontaine à laquelle je me lave les mains entre deux clients.)

Or, en dépit des efforts de Mᵉ Gabriel pour prendre en tout et partout la première place, il y avait souvent des moments où j'avais l'impression que nous étions seuls, où, comme d'un commun accord, nous avions décidé que les deux autres ne comptaient pas.

Nous n'avions pas besoin de clins d'œil pour cela. Il suffisait de les oublier.

Et lors des coups de téléphone !... Pardonnez-moi de vous en parler. Cela ne me regarde pas. Mais ne vous êtes-vous pas informé, vous, des détails les plus intimes de ma vie et comment voulez-vous que je n'aie pas été tenté de faire la même chose ? Vous avez reçu cinq ou six fois, presque toujours à la même heure, vers la fin de l'interrogatoire, des appels qui vous troublaient, vous mettaient mal à l'aise. Vous répondiez autant que possible par monosyllabes. Vous consultiez votre montre en prenant un air détaché.

— Non... Pas avant une heure... C'est impossible... Oui... Non... Pas en ce moment...

Une fois, vous avez lâché par inadvertance :

— Non, mon petit...

Et vous avez rougi, mon juge. C'est moi que vous avez regardé, comme si moi seul comptais. Aux deux autres, ou plutôt à Me Gabriel, vous faisiez de banales excuses.

— Je vous demande pardon de cette interruption, maître... Où en étions-nous ?

Il y a tant de choses que j'ai comprises, que vous savez que j'ai comprises ! Parce que, voyez-vous, j'ai un immense avantage sur vous, quoi que vous fassiez : moi, j'ai tué.

Laissez-moi vous remercier d'avoir, dans votre rapport, résumé votre instruction avec autant de simplicité, avec une telle absence de pathétique, au point que l'avocat général en a été agacé, parce que l'affaire, selon un mot qui lui a échappé, prenait, racontée par vous, les allures d'un banal fait divers.

Vous voyez que je suis bien renseigné. Je sais même qu'un jour que vous parliez de moi entre magistrats, on vous a demandé :

— Vous qui avez eu de nombreuses occasions d'étudier Alavoine, pouvez-vous nous dire si, à votre avis, il a agi avec préméditation ou s'il a commis son forfait sous le coup d'une émotion intense ?

Comme j'aurais été anxieux, mon juge, si j'avais été là ! Mon désir de vous souffler aurait été tel que j'en aurais eu des fourmis dans tout le corps. Il paraît que vous étiez hésitant, que vous avez toussoté deux ou trois fois.

— En mon âme et conscience, je crois fermement qu'Alavoine, quoi qu'il prétende, quoi qu'il pense peut-être, a agi dans un moment de responsabilité atténuée et que son geste n'était pas prémédité.

Eh bien ! mon juge, j'en ai eu de la peine. J'y ai pensé à nouveau, quand je vous ai vu parmi les stagiaires ; mon regard devait contenir un repro-che, car, lorsque vous êtes sorti, un peu plus tard, vous m'avez fait face pendant quelques secondes. Vous avez levé les yeux. Tant pis si je me trompe : vous paraissiez me demander pardon.

Si je ne m'abuse, le sens de votre message était : « J'ai tout fait pour comprendre, honnêtement. Désormais, c'est à d'autres que moi de vous juger. »

Nous ne devions plus nous revoir. Nous ne nous reverrons sans doute jamais plus. D'autres clients sont amenés devant vous chaque jour par les gen-darmes, d'autres témoins plus ou moins intelli-gents ou passionnés.

Malgré ma satisfaction que tout soit fini, je les envie, je l'avoue, parce qu'ils ont encore des chances de s'expliquer tandis que, moi, je ne puis compter désormais que sur cette lettre que vous classerez peut-être à la rubrique « bêtisier » sans l'avoir lue.

Ce serait dommage, mon juge. Je vous le dis sans vanité. Non seulement dommage pour moi, mais dommage pour vous, parce que je vais vous révéler une chose que vous soupçonnez, une chose que vous ne voulez pas admettre et qui vous tourmente en secret, une chose que je sais vraie, moi qui ai plus d'expérience que vous depuis que je suis passé de l'autre côté : vous avez peur.

Vous avez peur, précisément, de ce qui m'est arrivé. Vous avez peur de vous, d'un certain vertige qui pourrait vous saisir, peur d'un dégoût que vous sentez mûrir en vous à la façon lente et inexorable d'une maladie.

Nous sommes presque les mêmes hommes, mon juge.

Alors, pourquoi, puisque j'ai eu le courage d'aller jusqu'au bout, ne pas avoir celui de me comprendre en même temps ?

Je revois, en vous écrivant, les trois lampes à abat-jour vert sur le banc des juges, une autre sur celui de l'avocat général et, à la table de la presse, une journaliste assez jolie à qui, dès la seconde audience, un jeune confrère apportait des bonbons.

11

Elle en passait généreusement à chacun autour d'elle, aux avocats, à moi-même.

J'avais un de ses bonbons dans la bouche tandis que vous veniez de jeter un coup d'œil à l'audience.

Est-ce que vous avez l'habitude d'assister ainsi en spectateur aux procès dont vous avez conduit l'instruction ? J'en doute. Le couloir, devant votre cabinet, ne désemplit pas. Un prévenu remplace automatiquement un autre prévenu.

Or vous êtes revenu deux fois. Vous étiez là quand on a donné lecture du verdict et c'est peut-être à cause de vous que je ne me suis pas emporté.

— Qu'est-ce que je vous disais ! s'écriait, tout fier, Me Gabriel aux confrères qui venaient le congratuler. Si mon client avait été plus sage, c'était l'acquittement que j'emportais...

L'imbécile ! Le joyeux imbécile satisfait !

Attendez. Si vous voulez rire, voici de quoi vous réjouir. Un vieil avocat barbu, à la robe roussie, s'est permis de riposter.

— Doucement, mon cher confrère. Avec un revolver, oui. Avec un couteau, à la rigueur. Avec les mains, jamais ! Un acquittement, dans ces conditions, ne s'est pas vu une seule fois dans les annales judiciaires.

Avec les mains ! Est-ce que ce n'est pas magnifique ? Est-ce que cela ne suffirait pas à vous donner envie de passer de ce côté-ci ?

Mon compagnon de cellule me regarde écrire, sans cacher une admiration mêlée d'agacement. C'est un fort garçon de vingt ans, une sorte de taureau au visage sanguin et au regard limpide. Il n'y a guère qu'une semaine qu'il est près de moi. Avant lui, j'étais flanqué d'un pauvre type mélancolique qui passait ses journées à se tirer sur les doigts pour en faire craquer les jointures.

Mon taureau a tué une vieille débitante d'un coup de bouteille sur le crâne, une nuit qu'il s'était introduit chez elle pour « faire la caisse », comme il dit simplement.

Il paraît que le Président s'est indigné.

— A coups de bouteille... Vous n'avez pas honte ?
Et lui :

— Est-ce que je pouvais deviner qu'elle serait
assez bête pour crier ? Il fallait que je la fasse taire.
Il y avait une bouteille sur le comptoir. Je ne savais
même pas si elle était vide ou pleine...

Maintenant, il est persuadé que je prépare la révi-
sion de mon procès ou que je sollicite une grâce
quelconque.

Ce qu'il est incapable de comprendre, lui qui a
pourtant tué, mais par accident — il a presque raison, c'est presque la faute de la vieille —, ce qu'il est
incapable de comprendre, c'est que je m'obstine à
prouver, moi, que j'ai agi avec préméditation, en
pleine connaissance de cause.

Entendez-vous, mon juge ? *Avec préméditation.*
Tant que quelqu'un n'aura pas admis ça, je serai
seul au monde.

En pleine connaissance de cause !

Et vous finirez par comprendre, à moins que,
comme certains de mes confrères, que cela humi-
liait de me voir sur le banc des assises, vous préfé-
riez prétendre que je suis fou, tout à fait fou ou un
peu fou, en tout cas irresponsable ou de responsabilité atténuée.

Ils en ont été pour leurs frais, grâce à Dieu.
Aujourd'hui encore, alors qu'on pourrait croire que
tout a été dit, que tout est terminé, ils continuent à
s'agiter et je soupçonne des camarades, des amis,
ma femme peut-être, et ma mère, de les pousser.

Toujours est-il qu'après un mois on ne m'a pas
encore envoyé à Fontevrault, où je devais théori-
quement purger ma peine. On m'observe. On me
fait passer sans cesse dans l'infirmerie. On me pose
des tas de questions que je connais aussi bien
qu'eux et qui me font sourire de pitié. Le directeur
en personne est venu plusieurs fois m'épier à travers le guichet et je me demande si on n'a pas mis le
jeune taureau dans ma cellule, à la place du mélancolique, pour m'empêcher de me suicider.

C'est mon calme, justement, qui les effraie, ce

qu'ils ont appelé dans les journaux mon inconscience, ou mon cynisme.

Je suis calme, c'est un fait, et cette lettre doit vous en convaincre. Bien que simple médecin de famille, j'ai eu l'occasion de faire assez de psychiatrie pour reconnaître une lettre de fou.

Tant pis, mon juge, si vous croyez le contraire. Ce serait pour moi une grande désillusion.

Car j'ai encore cette illusion de posséder un ami et cet ami, aussi étrange que cela puisse paraître, c'est vous.

En ai-je des choses à vous raconter, maintenant qu'on ne peut plus m'accuser de chercher à sauver ma tête et que Mᵉ Gabriel n'est plus là pour me marcher sur le pied chaque fois que j'énonce une vérité trop simple pour son entendement !

Nous appartenons tous les deux à ce qu'on appelle chez nous les professions libérales, à ce que, dans certains pays moins évolués, on désigne plus prétentieusement par le mot *intelligentsia*. Ce mot-là ne vous fait pas rire, non ? Peu importe. Nous appartenons donc à une bourgeoisie moyenne, plus ou moins cultivée, celle qui fournit le pays de fonctionnaires, de médecins, d'avocats, de magistrats, souvent de députés, de sénateurs et de ministres.

Cependant, à ce que j'ai cru comprendre, vous êtes en avance sur moi d'au moins une génération. Votre père était déjà magistrat, alors que le mien vivait encore de la terre.

Ne dites pas que cela n'a pas d'importance. Vous auriez tort. Vous me feriez penser aux riches qui prétendent volontiers que l'argent n'est rien dans la vie.

Parce qu'ils en ont, parbleu ! Mais quand on n'en a pas, hein ? Est-ce que vous en avez manqué, vous aussi ?

Tenez, ma tête de crapaud, comme a dit le journaliste spirituel. A supposer que vous vous soyez trouvé à ma place au banc des accusés, il n'aurait pas parlé de tête de crapaud.

Une génération en plus ou en moins, cela compte, vous en êtes la preuve. Vous avez déjà le visage allongé, la peau mate, une aisance dans les manières que mes filles sont seulement en train d'acquérir. Même vos lunettes, vos yeux de myope... Même votre façon calme et précise d'essuyer vos verres avec votre petite peau de chamois...

Si vous aviez été nommé à La Roche-sur-Yon au lieu d'obtenir un poste à Paris, nous serions vraisemblablement devenus camarades, sinon amis, comme je vous l'ai déjà dit. Par la force des choses. Sans doute m'auriez-vous considéré sincèrement comme un égal, mais moi, dans le fond de moi-même, je vous aurais toujours un peu envié.

Ne protestez pas. Regardez autour de vous. Pensez à ceux de vos amis qui appartiennent, comme moi, à la première génération *montante*.

Monter où, je me le demande. Mais passons.

Vous êtes né à Caen et je suis né à Bourgneuf-en-Vendée, un village à une lieue d'une petite ville qui s'appelle La Châtaigneraie.

De Caen, il faudra que je vous reparle, car c'est dans cette ville que se situe un souvenir que je considère depuis peu, depuis mon crime, pour employer le mot, comme un des plus importants de ma vie.

Pourquoi ne pas vous le raconter tout de suite, puisque cela nous place sur un terrain que vous connaissez bien ?

Je suis allé à Caen une dizaine de fois, car j'y ai une tante, une sœur de mon père, qui a épousé un marchand de porcelaine de la rue Saint-Jean. Vous voyez certainement sa boutique, à une centaine de mètres de l'*Hôtel de France*, là où le tram frôle le trottoir de si près que les passants sont obligés de se coller aux maisons.

Chaque fois que je suis allé à Caen, il pleuvait. Et j'aime la pluie de votre ville. Je l'aime d'être fine, douce et silencieuse, je l'aime pour le halo qu'elle met sur le paysage, pour le mystère dont elle entoure, au crépuscule, les passants et surtout les passantes.

Tenez. C'était à une de mes premières visites à ma

tante. La nuit venait de tomber et tout était luisant de pluie. Je devais avoir un peu moins de seize ans. A l'angle de la rue Saint-Jean et de je ne sais quelle rue sans boutiques, donc presque noire, il y avait une jeune fille vêtue d'un imperméable beige qui attendait, avec des cheveux blonds s'échappant d'un béret noir et des gouttelettes de pluie sur ses cheveux.

Le tram est passé, avec son gros œil jaune tout humide et ses rangs de têtes derrière les vitres embuées. Un homme, un jeune homme qui se tenait sur le marchepied, est descendu en voltige, juste devant le marchand de cannes à pêche.

Et alors cela s'est fait comme dans un rêve. Au moment précis où il atterrissait sur le trottoir, la main de la jeune fille s'accrochait à son bras. Tous les deux, d'un même mouvement, se sont dirigés vers la rue obscure, avec une telle aisance que cela faisait penser à une figure de ballet, et soudain, sans un mot, sur le premier seuil, ils se sont soudés l'un à l'autre, avec leurs vêtements mouillés, leur peau mouillée, et moi, qui les regardais de loin, j'avais à la bouche comme un goût de salive étrangère.

C'est peut-être à cause de ce souvenir-là que, trois ou quatre ans plus tard, déjà étudiant, j'ai voulu faire, à Caen aussi, exactement la même chose. Aussi exactement que possible, en tout cas. Mais il n'y a pas eu de tramway, et on ne m'attendait pas.

Vous connaissez évidemment la *Brasserie Chandivert*. Pour moi, c'est la plus belle de France, avec une autre que je fréquentais, à Epinal, lorsque je faisais mon service militaire.

Il y a, à gauche, l'entrée illuminée du cinéma. Puis la vaste salle divisée elle-même en plusieurs parties, celle où l'on mange et où il y a des nappes et des couverts sur les tables, celle où l'on boit, où l'on joue aux cartes et enfin, au fond, l'eau verte des billards sous leurs réflecteurs et les poses quasi hiératiques des joueurs.

Il y a aussi, sur une estrade, l'orchestre et ses musiciens en smoking défraîchi, aux longs cheveux gras, aux visages pâlis.

Il y a la lumière chaude du dedans et la pluie qui dégouline sur les vitres, les gens qui entrent et qui secouent leurs vêtements mouillés, les autos qui s'arrêtent et dont on aperçoit un moment les phares.

Il y a les familles qui se sont endimanchées pour la circonstance et les habitués au visage couperosé qui font leur partie de dominos ou de cartes toujours à la même table et qui appellent le garçon par son prénom.

C'est un monde, comprenez-vous, un monde presque complet, qui se suffit à lui-même, un monde dans lequel je me plongeais avec délices et que je rêvais de ne jamais quitter.

Vous voyez qu'à vingt ans j'étais assez loin de la cour d'assises.

Je me souviens que je fumais une pipe énorme qui me donnait l'illusion d'être un homme et que je regardais toutes les femmes avec une égale avidité.

Eh bien ! ce que j'avais toujours espéré sans oser y croire m'est arrivé, un soir. Il y avait, à une table en face de moi, seule à cette table, une jeune fille, une femme, peu importe, qui portait un tailleur bleu marine et un petit chapeau rouge.

Si je savais dessiner, je pourrais encore crayonner son visage, sa silhouette. Elle avait quelques taches de son à la base du nez et celui-ci se retroussait quand elle souriait.

Or elle m'a souri. Doucement, avec bienveillance. Pas du tout le sourire provocant auquel j'étais davantage habitué.

Et nous nous sommes souri ainsi pendant un bon bout de temps, assez de temps pour que les spectateurs du cinéma envahissent le café à l'entracte puis repartent à l'appel de la sonnerie électrique.

Alors, des yeux, rien que des yeux, elle a eu l'air de me poser une question, de me demander pourquoi je ne venais pas m'asseoir à côté d'elle. J'ai hésité. J'ai appelé le garçon, payé ma consommation. Gauchement, j'ai traversé l'allée qui nous séparait.

— Vous permettez ?

Un oui des yeux, toujours des yeux.

— Vous aviez l'air de vous ennuyer, dit-elle enfin quand je fus installé sur la banquette.

Ce que nous nous sommes dit ensuite, je l'ai oublié. Mais je sais que j'ai passé là une des heures les plus heureuses, les plus chaudes de ma vie. L'orchestre jouait des valses viennoises. Dehors, il pleuvait toujours. Nous ne savions rien l'un de l'autre et je n'osais rien espérer.

La séance cinématographique a pris fin, à côté. Des gens sont venus manger à la table voisine.

— Si nous partions ?... a-t-elle murmuré simplement.

Et nous sommes sortis. Et, dehors, dans la pluie fine dont elle ne se souciait pas, elle m'a pris le bras le plus naturellement du monde.

— Vous êtes descendu à l'hôtel ?

Parce que je lui avais appris que j'étais vendéen, mais que je faisais mes études à Nantes.

— Non. Chez une tante, rue Saint-Jean...

Et elle :

— J'habite tout près de la rue Saint-Jean. Seulement, il ne faudra pas faire de bruit. Ma logeuse nous mettrait à la porte.

Nous sommes passés devant la boutique de mon oncle où les volets étaient fermés et où, par la partie vitrée de la porte, on devinait de la lumière. Car c'était l'arrière-boutique qui leur servait de salon. Mon oncle et ma tante m'attendaient. Je n'avais pas de clef.

Nous sommes passés aussi devant le marchand de cannes à pêche et j'ai entraîné ma compagne dans la rue calme, jusqu'au premier seuil. Vous comprenez ? C'est là qu'elle m'a dit :

— Attends que nous soyons chez moi...

C'est tout, mon juge, et, de le raconter, je m'aperçois que c'est ridicule. Elle a tiré une clef de son sac. Elle a mis un doigt sur sa bouche. Elle a balbutié à mon oreille :

— Attention aux marches...

Elle m'a conduit par la main le long d'un corridor obscur. Nous avons monté un escalier dont les marches craquaient et, sur le palier, nous avons vu de la lumière sous une porte.

— Chut...

C'était la chambre de la logeuse. Celle de Sylvie était à côté. Il régnait dans la maison une odeur pauvre, assez fade. Il n'y avait pas encore l'électricité et elle a allumé une lampe à gaz dont la lumière faisait mal aux yeux.

Toujours en chuchotant, elle m'a dit, avant de passer derrière le rideau de cretonne à fleurs :

— Je reviens tout de suite...

Et je revois les peignes sur la table qui servait de toilette, le mauvais miroir, le lit couvert d'une courtepointe.

C'est tout et ce n'est pas tout, mon juge. C'est tout parce qu'il ne s'est rien passé que de très ordinaire. Ce n'est pas tout parce que, pour la première fois, j'avais eu faim d'une autre vie que la mienne.

Je ne savais qui elle était ni d'où elle venait. Je devinais confusément quel genre d'existence elle menait et que je n'étais pas le premier à gravir le vieil escalier sur la pointe des pieds.

Mais quelle importance cela avait-il ? Elle était une femme et j'étais un homme. Nous étions deux êtres humains à chuchoter dans cette chambre, dans ce lit, avec la logeuse endormie derrière la cloison. Dehors, il pleuvait. Dehors, il y avait de temps en temps des pas sur le pavé mouillé, des voix de noctambules dans l'air humide.

Ma tante et mon oncle m'attendaient dans leur arrière-boutique et devaient s'inquiéter.

Il y a eu un moment, mon juge, où, la tête entre ses seins, je me suis mis à pleurer.

Je ne savais pas pourquoi. Est-ce que je le sais aujourd'hui ? Je me suis mis à pleurer de bonheur et de désespoir tout ensemble.

Je la tenais dans mes bras, simple et détendue. Je me souviens qu'elle caressait machinalement mon front en regardant le plafond.

J'aurais voulu...

Voilà ce que je ne pouvais pas exprimer, ce que je ne peux pas encore exprimer à présent. Caen, à ce moment-là, représentait le monde. Il était là, derrière les vitres, derrière la cloison qui nous cachait la logeuse endormie.

Tout cela, c'était le mystère, c'était l'ennemi.

Mais nous étions deux. Deux qui ne se connaissaient pas. Qui n'avaient aucun intérêt commun. Deux que le hasard avait rassemblés en hâte pour un instant.

C'est peut-être la première femme que j'aie aimée. Elle m'a donné, pendant quelques heures, la sensation de l'infini.

Elle était quelconque, simple et gentille. A la *Brasserie Chandivert*, je l'avais prise d'abord pour une jeune fille qui attendait ses parents : puis pour une petite épouse qui attendait son mari.

Or nous étions dans le même lit, chair à chair, portes et fenêtres closes, et il n'y avait plus que nous deux au monde.

Je me suis endormi. Je me suis réveillé au petit jour et elle respirait paisiblement, en toute confiance, les deux seins hors des couvertures. J'ai été pris de panique, à cause de mon oncle et de ma tante. Je me suis levé sans bruit et je ne savais pas ce que je devais faire, si je devais laisser de l'argent sur la table de toilette.

Je l'ai fait honteusement. Je lui tournais le dos. Quand je me suis retourné, elle me regardait et elle dit doucement :

— Tu reviendras ?

Puis :

— Fais attention à ne pas réveiller la propriétaire...

C'est bête, n'est-ce pas ? Cela s'est passé dans votre ville. Est-ce que cela vous est arrivé, à vous aussi ? Comme nous avons à peu près le même âge, peut-être avez-vous connu Sylvie, peut-être avez-vous...

Moi, mon juge, c'est mon premier amour. Mais c'est seulement maintenant, après tant d'années, que je m'en rends compte.

Il y a quelque chose de plus grave, voyez-vous : je

20

me rends compte aussi que j'ai cherché une Sylvie pendant plus de vingt ans, sans le savoir.

Et que c'est à cause d'elle, en somme...

Excusez-moi. Mon taureau est furieux parce qu'on vient de nous apporter la gamelle et qu'il n'ose pas se servir avant moi.

Je vous expliquerai cela une autre fois, mon juge.

2

Ma mère est venue à la barre, car ils l'ont citée comme témoin. Si incroyable que cela paraisse, j'ignore encore si c'est l'accusation ou la défense qui a fait ça. De mes deux avocats, l'un, Me Oger, n'est venu de La Roche-sur-Yon que pour assister son confrère parisien et pour représenter en quelque sorte ma province natale. Quant à Me Gabriel, il m'interdisait farouchement de m'occuper de quoi que ce fût.

— Est-ce mon métier ou le vôtre ? s'écria-t-il de sa grosse voix bourrue. Pensez donc, mon ami, qu'il n'y a pas une cellule de cette prison dont je n'aie tiré au moins un client !

Ils ont fait venir ma mère, peut-être lui, peut-être les autres. Dès que le Président a prononcé son nom, il s'est produit un remous dans la salle ; les gens des derniers rangs, les spectateurs debout se sont dressés sur la pointe des pieds et, de ma place, je les voyais tendre le cou.

On m'a reproché de n'avoir pas versé une larme en cette circonstance, on a parlé de mon insensibilité.

Les imbéciles ! Et quelle malhonnêteté, quelle absence de conscience, d'humanité, de parler ainsi de ce qu'on ne peut pas savoir !

Pauvre maman. Elle était en noir. Il y a plus de trente ans qu'elle est toujours vêtue de noir des pieds à la tête comme le sont la plupart des paysannes de chez nous. Telle que je la connais, elle a dû s'inquiéter de sa toilette et demander conseil à ma femme ; je parierais qu'elle a répété vingt fois :

— J'ai si peur de lui faire tort !

C'est ma femme, sans aucun doute, qui lui a conseillé ce mince col de dentelle blanche, afin de faire moins deuil, afin de ne pas avoir l'air de vouloir apitoyer les jurés.

Elle ne pleurait pas en entrant, vous l'avez vue, puisque vous étiez au quatrième rang, non loin de l'entrée des témoins. Tout ce qu'on a dit et écrit à ce sujet est faux. Voilà maintenant des années qu'on la soigne pour ses yeux qui sont toujours larmoyants. Elle voit très mal, mais elle s'obstine à ne pas porter de verres, sous prétexte qu'on s'habitue à des verres toujours plus gros et qu'on finit par devenir aveugle. Elle s'est heurtée à un groupe de jeunes stagiaires qui encombraient le passage et c'est à cause de ce détail qu'on a prétendu qu'elle « titubait de douleur et de honte ».

La comédie, c'étaient les autres qui la jouaient, et le Président tout le premier, qui se soulevait légèrement sur son siège pour la saluer avec un air de commisération infinie, puis adressait à l'huissier le traditionnel :

— Apportez un siège au témoin.

Cette foule retenant sa respiration, ces cous tendus, ces visages crispés, tout cela pour rien, pour contempler une femme malheureuse, pour lui poser des questions sans importance, sans même la moindre utilité.

— La Cour s'excuse, madame, de vous imposer cette épreuve, et vous prie instamment de faire un effort pour conserver votre sang-froid.

Elle ne regardait pas de mon côté. Elle ne savait pas où j'étais. Elle avait honte. Non pas honte à cause de moi, comme les journalistes l'ont écrit, mais honte d'être le point de mire de toute une foule et de déranger, elle qui s'est toujours sentie si peu de chose, des personnages aussi importants.

Car dans son esprit, voyez-vous, et je connais bien ma mère, c'était elle qui les dérangeait. Elle n'osait pas pleurer. Elle n'osait rien regarder.

Je ne sais même pas quelles sont les premières questions qu'on lui a posées.

Il faut que j'insiste sur ce détail. J'ignore si les autres accusés sont comme moi. Pour ma part, j'ai eu souvent de la peine à m'intéresser à mon propre procès. Cela tient-il à ce que toute cette comédie a si peu de rapports avec la réalité ?

Bien des fois, pendant l'audition d'un témoin, ou pendant une de ces prises de gueule entre Me Gabriel et l'avocat général (Me Gabriel annonçait ces incidents biquotidiens aux journalistes par un clin d'œil prometteur), bien des fois, dis-je, il m'est arrivé d'avoir des absences qui duraient jusqu'à une demi-heure, pendant lesquelles je contemplais un visage dans la foule, ou simplement des taches d'ombre sur le mur en face de moi.

Une fois je me suis mis à compter les spectateurs. Cela m'a pris une audience presque entière, parce que je me trompais dans mes calculs et que je recommençais. Il y avait quatre cent vingt-deux personnes, y compris les gardes du fond. Quatre cent vingt-deux personnes aussi, sans doute, ce matin-là, pour regarder ma mère, à qui Me Gabriel faisait demander par le Président :

— Est-ce que votre fils, dans son enfance, n'a pas eu une méningite ?

Comme s'il était besoin de la faire venir de Vendée pour ça ! Et, au ton de la question, on aurait pu croire que là était le fond du procès, la clef de l'énigme. J'ai compris le truc, mon juge. Car c'est un truc. Les deux adversaires, l'avocat général et l'avocat de la défense, s'ingénient ainsi à poser aux témoins, avec une insistance qui suggère l'idée de desseins mystérieux, les questions les plus saugrenues.

De mon banc, je voyais les jurés froncer les sourcils, plisser le front, parfois jeter quelques notes sur le papier, comme les lecteurs de romans policiers que l'auteur aiguille, avec l'air de ne pas y toucher, sur une nouvelle piste.

— Oui, monsieur le juge. Il a été bien malade et j'ai cru le perdre.

— Ayez l'obligeance de vous adresser à messieurs les jurés. Je pense qu'ils ne vous ont pas entendue.

Et ma mère de répéter, docile, de la même voix :

— Oui, monsieur le juge. Il a été bien malade et j'ai cru le perdre.

— N'avez-vous pas remarqué qu'à la suite de cette maladie le caractère de votre fils avait changé ?

Elle ne comprenait pas.

— Non, monsieur le juge.

— Répondez à messieurs les jurés.

C'était pour elle un mystère aussi insondable que celui de la messe, de recevoir ainsi les questions d'un côté et d'être obligée de répondre de l'autre.

— Il n'est pas devenu plus violent ?

— Il a toujours été doux comme un agneau, monsieur le juge...

— ... le Président...

— ... monsieur le Président. A l'école il se laissait battre par ses camarades parce qu'il était plus fort qu'eux et qu'il avait peur de leur faire du mal.

Pourquoi des sourires dans la salle et jusqu'au banc des journalistes qui notaient hâtivement ces mots ?

— Il était juste comme un gros chien que nous avons eu et qui...

Elle se taisait brusquement, intimidée, confuse.

— Mon Dieu, devait-elle prier à part elle, pourvu que je ne lui fasse pas tort...

Et elle me tournait toujours le dos.

— Lors du premier mariage de l'accusé, vous avez vécu avec le jeune ménage, n'est-ce pas ?

— Naturellement, monsieur le Président.

— Tournez-vous vers messieurs les jurés, qui vous entendent mal.

— Naturellement, messieurs les jurés.

— Le couple était-il heureux ?

— Pourquoi ne l'aurait-il pas été ?

— Vous avez continué à vivre avec votre fils quand il s'est remarié et vous habitez, maintenant encore, avec sa seconde femme. Il serait intéressant

24

que messieurs les jurés sachent si les rapports entre l'accusé et celles-ci étaient les mêmes que ceux qu'il entretenait avec sa première épouse.

— Pardon ?

Pauvre maman qui n'a pas l'habitude des grandes phrases et qui n'osait pas avouer qu'elle est un peu dure d'oreille.

— Votre fils, si vous préférez, se conduisait-il de la même façon avec sa seconde femme qu'avec la première ?

Les lâches ! Elle pleurait, maintenant. Pas à cause de moi, pas à cause de mon crime, mais pour des raisons qui ne les regardaient pas. Ils se croyaient malins, pourtant ! A les observer, tous regards braqués sur une vieille femme en larmes, on aurait pu croire qu'ils allaient lui arracher la clef du mystère.

C'est pourtant simple, mon juge. Avec ma première femme, qui n'était pas une excellente ménagère, qui était ce qu'on appelle chez nous une pâte molle, ma mère restait la vraie maîtresse de maison.

Avec Armande, les choses ont changé, voilà tout, parce qu'Armande a une personnalité plus marquée et des goûts bien à elle. Quand on retire soudain ses occupations à une femme de soixante ans, qu'on l'empêche de commander aux domestiques, de s'inquiéter de la cuisine et des enfants, c'est extrêmement douloureux.

C'est tout. Voilà pourquoi ma mère pleurait. Parce qu'elle n'était plus qu'une étrangère dans la maison de sa bru.

— Votre fils, à votre avis, était-il heureux dans son second ménage ?

— Sûrement, monsieur le juge, pardon, monsieur le Président.

— Alors, dites-nous pourquoi il l'a quitté.

Comme on pose une colle ! Etait-ce à elle de le savoir ?

Je ne pleurais pas, non. Je serrais les poings derrière mon banc, je serrais les dents et, si je ne m'étais pas contenu, je me serais levé d'une détente pour hurler des injures.

— Si vous vous sentez trop lasse pour poursuivre cet interrogatoire, nous pourrions le reprendre à l'audience de l'après-midi.

— Non, monsieur, balbutiait maman. J'aime mieux tout de suite.

Et, comme le Président se tournait vers mon avocat, elle a suivi son regard et elle m'a aperçu. Elle n'a rien dit. Au mouvement de sa gorge, j'ai compris qu'elle avalait sa salive. Et je sais bien, moi, ce qu'elle m'aurait dit si elle avait pu m'adresser la parole. Elle m'aurait demandé pardon, pardon d'être si maladroite, si empruntée, si ridicule. Car elle se sentait ridicule ou, si vous préférez, *pas à sa place*, ce qui est pour elle la dernière des humiliations. Elle m'aurait demandé pardon de ne savoir que répondre et aussi, peut-être, de me porter tort.

Me Oger, que je considérais comme un ami, Me Oger, que ma femme avait envoyé de La Roche pour aider à la défense, pour que mon pays s'y associe en quelque sorte, a commis alors une vilenie. Il s'est penché vers Me Gabriel, qui a tout de suite approuvé de la tête et qui, comme à l'école, a levé la main pour indiquer qu'il désirait prendre la parole.

— Monsieur le Président, nous voudrions, mon confrère et moi, que vous demandiez au témoin dans quelles circonstances son mari est mort.

— Vous avez entendu la question, madame ?

Salauds ! Elle était devenue bleue à force de pâleur. Elle tremblait tellement que l'huissier s'est approché d'elle pour le cas où elle piquerait une crise ou s'évanouirait.

— D'un accident, parvenait-elle à articuler très bas.

On le lui fit répéter.

— Un accident de quoi ?

— Il nettoyait son fusil dans l'atelier, derrière la maison. Un coup est parti...

— Maître Gabriel ?

— Je vous demande la permission d'insister, malgré la cruauté de ma question. Le témoin peut-il affirmer au tribunal que son mari ne s'est pas suicidé ?

Elle fit un effort pour se redresser, indignée.

— Mon mari est mort d'un accident.

Tout cela, voyez-vous, mon juge, pour amener une toute petite phrase dans une plaidoirie, pour un effet de manches et de gueuloir. Pour que Me Gabriel puisse s'écrier plus tard en me désignant d'un geste pathétique :

— ... cet homme sur qui pèse une lourde hérédité...

Lourde hérédité, soit ! Et la vôtre, mon juge ? Et celle de Me Gabriel et de ces deux rangs de jurés dont j'ai eu tout le loisir d'examiner le faciès ? Lourde hérédité, c'est vrai, la mienne, celle de chacun de nous, celle de tous les fils d'Adam.

La vérité je vais vous la dire, non pas comme on la raconte dans les familles, où l'on a honte de ce que l'on prend pour des tares, mais tout simplement en homme, en médecin, et cela m'étonnerait fort que vous ne retrouviez pas des traits des miens dans votre propre famille.

Je suis né dans une de ces maisons sur lesquelles on s'attendrit déjà, dont plus tard sans doute, quand il n'en restera plus que quelques-unes éparpillées dans la province française, on fera des musées. Une vieille maison de pierre aux pièces vastes et fraîches, aux corridors imprévus agrémentés par-ci par-là de marches dont on a oublié l'origine, qui sentent à la fois l'encaustique et la campagne, les fruits qui mûrissent, le foin coupé et la cuisine qui mijote.

Cette maison-là, jadis, au temps de mes grands-parents, était une maison de maître que certains appelaient le château, et elle constituait le centre de quatre fermes de cinquante hectares chacune.

Du temps de mon père, il n'y en avait plus que deux. Puis, bien avant ma naissance, il n'y en a plus eu qu'une seule et la maison est devenue ferme à son tour, mon père s'est mis à cultiver la terre de ses mains et à faire de l'élevage.

C'était un homme plus grand, plus large et plus

fort que moi. On m'a raconté que, dans les foires, certaines fois qu'il avait bu, il pariait volontiers de porter un cheval sur son dos et des vieux du pays affirment qu'il lui est arrivé de gagner ce pari.

Il s'est marié tard, la quarantaine passée. Il était bel homme et possédait encore assez de bien pour prétendre à un beau parti et rétablir ainsi sa situation.

Si vous connaissiez Fontenay-le-Comte, à trente kilomètres de chez nous, vous auriez certainement entendu parler des filles Lanoue. Elles étaient cinq, avec une vieille mère veuve depuis longtemps. Elles avaient été riches avant la mort de leur père, qui avait perdu sa fortune dans des spéculations ridicules.

Du temps de mon père, les Lanoue, la mère et les cinq filles, occupaient toujours leur grande maison de la rue Rabelais et ce sont encore aujourd'hui deux vieilles demoiselles Lanoue, les dernières, qui l'habitent.

Je crois bien qu'il est impossible de vivre dans une pauvreté plus totale et plus digne qu'on l'a fait pendant tant d'années dans cette maison-là. Les revenus étaient si maigres qu'ils permettaient à peine l'ombre d'un repas par jour, ce qui n'empêchait pas les cinq demoiselles Lanoue, toujours accompagnées de leur mère, d'assister en grande pompe, gantées et chapeautées, à la messe et aux vêpres, et de défiler ensuite, la tête haute, dans la rue de la République.

La plus jeune devait avoir vingt-cinq ans, mais c'est celle de trente qu'un beau jour mon père a épousée.

C'est ma mère, mon juge. Comprenez-vous que les mots « heureux » n'aient pas le même sens pour cette femme-là que pour ces messieurs du tribunal ?

Quand elle est arrivée à Bourgneuf, elle était si anémique que, pendant plusieurs années, l'air vif de la campagne lui a donné des étourdissements. Ses couches ont été difficiles, on a cru la perdre, d'autant plus que je pesais six kilos en naissant.

Je vous ai dit que mon père cultivait lui-même une partie de ses terres et c'est vrai sans l'être tout à fait. Une bonne part du travail, chez nous, dans les fermes, consiste à « faire » les foires du pays, et il y en a dans tous les bourgs du canton et des cantons voisins.

Ce travail-là, c'était celui de mon père. Et aussi d'organiser des battues au lapin ou au sanglier quand ils faisaient des dégâts dans la région.

Mon père est né pour ainsi dire un fusil à la main. Il le portait sur le dos quand il allait aux champs. A l'auberge, il le tenait entre ses jambes et je l'ai toujours vu avec un chien couché à ses pieds, le museau sur ses bottes.

Vous voyez que je n'ai pas exagéré quand je vous ai affirmé que j'étais plus près de la terre que vous.

J'allais à l'école du village. Je pêchais dans les ruisseaux et je grimpais aux arbres comme mes camarades.

Ai-je remarqué, à cette époque, que ma mère était triste ? Ma foi, non. Pour moi, cette gravité qui ne la quittait guère était la caractéristique des mères, et aussi cette douceur, ce sourire toujours comme un peu voilé.

Quant à mon père, il me hissait sur les chevaux de labour, sur les bœufs, il me donnait des bourrades, me lançait des mots crus qui faisaient sursauter ma mère, et ses moustaches, que j'ai toujours connues grises, avaient, dès le matin, une forte odeur de vin ou d'alcool.

Mon père buvait, mon juge. Est-ce qu'il n'y en a pas invariablement un par famille ? Moi, c'était mon père. Il buvait dans les foires. Il buvait dans les fermes et à l'auberge. Il buvait chez nous. Il guettait les passants sur le seuil pour avoir l'occasion de les emmener boire dans les chais.

C'était dans les foires le plus dangereux, parce que, quand il avait bu, les choses les plus ahurissantes lui paraissaient normales.

Je n'ai compris que plus tard, car j'en ai vu d'autres qui lui ressemblaient, je pourrais dire que chaque village a le sien.

Une génération vous sépare de la terre et vous n'avez sans doute pas connu l'implacable monotonie des saisons, le poids du ciel, dès quatre heures du matin, sur vos épaules, le cheminement des heures avec leur compte toujours plus chargé de soucis quotidiens.

Il y en a qui ne s'en aperçoivent pas et on dit qu'ils sont heureux. D'autres boivent, font la foire et courent les filles. C'était le cas de mon père.

Il avait besoin, dès son réveil, de se remonter avec un verre d'eau-de-vie pour acquérir cette alacrité joyeuse qui le rendait fameux dans tout le canton. Ensuite, il avait besoin d'autres verres, d'autres bouteilles pour entretenir ce semblant d'optimisme. Et cela, voyez-vous, mon juge, je crois que ma mère l'a compris. Qui sait, c'est peut-être la principale raison pour laquelle je l'aime et la respecte.

Jamais, alors que la plus grande partie de notre vie s'écoulait dans la salle commune et que, comme tous les enfants, j'avais les oreilles aux aguets, je n'ai entendu ma mère dire :

« Tu as encore bu, François. »

Jamais elle n'a demandé à mon père où il était allé, même quand, un jour de foire, il avait dépensé le prix d'une vache avec les filles.

Je crois bien que, dans son esprit, c'est cela qu'elle appelle le respect. Elle respectait l'homme. Ce n'était pas seulement de la reconnaissance parce qu'il avait épousé une des cinq filles Lanoue. Plus simplement elle sentait, au fond d'elle-même, qu'il ne pouvait pas être autrement.

Combien de fois, le soir quand j'étais couché, ai-je entendu la voix claironnante de mon père annonçant l'invasion de la maison par des amis ramassés un peu partout, plus ivres les uns que les autres, qui venaient boire une dernière bouteille !

Elle les servait. Elle venait de temps en temps écouter à ma porte. Et je faisais semblant de dormir, car je savais sa peur de me voir retenir les mots malsonnants qu'on gueulait dans la salle.

A chaque saison, ou presque, on vendait un bout de terre, un écart, comme nous disons.

— Bah ! Cette pièce-là, placée si loin, nous donne plus de mal que ce qu'elle nous rapporte, disait mon père qui, ces jours-là, n'avait pas son air habituel.

Et il restait des journées, parfois des semaines sans boire, sans toucher seulement à un verre de vin. Il s'efforçait de paraître gai, mais sa gaieté sonnait faux.

Un jour que je jouais près du puits, je m'en souviens encore, je l'ai aperçu, couché de tout son long au pied d'une meule, le visage tourné vers le ciel, et il m'a paru si long, si immobile, que je l'ai cru mort et que je me suis mis à pleurer.

En m'entendant, il a semblé sortir d'un rêve. Je me demande s'il m'a reconnu tout de suite, tant ses yeux regardaient loin.

C'était un de ces soirs glauques, avec un ciel d'un blanc uni, à l'heure où l'herbe devient d'un vert sombre et où chaque brin se découpe, frissonnant dans l'immensité, comme sur les toiles des vieux maîtres flamands.

— Qu'est-ce que tu as, fiston ?

— Je me suis tordu le pied en courant.

— Viens t'asseoir ici.

J'avais peur, mais je me suis assis dans l'herbe près de lui. Il m'a entouré les épaules de son bras. On voyait la maison au loin, et la fumée qui montait toute droite de la cheminée sur le blanc du ciel. Mon père se taisait et parfois ses doigts se crispaient un peu sur mon épaule.

Nous regardions le vide, tous les deux. Nos yeux devaient avoir la même couleur et je me demandais si mon père, lui aussi, avait peur.

Je ne sais pas combien de temps j'aurais été capable de supporter cette angoisse et je devais être tout pâle quand il y a eu un coup de feu du côté du Bois Perdu.

Alors mon père s'est secoué, a sorti sa pipe de sa poche et a retrouvé sa voix naturelle pour me dire en se levant :

— Tiens ! Mathieu qui tire un lièvre dans le Pré Bas.

Deux ans ont passé. Je ne me rendais pas compte que mon père était déjà vieux, plus vieux que les autres pères. Il lui arrivait de plus en plus souvent de se lever la nuit et j'entendais des bruits d'eau, des chuchotements, après quoi, le matin, il paraissait fatigué. A table, ma mère disait en poussant vers lui une petite boîte en carton :

— N'oublie pas ta pilule...

Puis, un jour, alors que j'avais neuf ans et que j'étais à l'école, un de nos voisins, le père Courtois, est entré dans la classe et a parlé bas à l'instituteur. Tous les deux me regardaient.

— Mes enfants, je vous demande d'être sages pendant quelques minutes. Alavoine, mon petit, veux-tu venir avec moi dans la cour ?

C'était en été. Le ciment de la cour était chaud. Il y avait des roses moussues autour des fenêtres.

— Viens par ici, mon petit Charles...

Le vieux Courtois avait déjà gagné le portail où il attendait, adossé à la grille de fer forgé. L'instituteur m'entourait l'épaule de son bras comme mon père l'avait fait jadis. Le ciel était très bleu, plein de chants d'alouettes.

— Te voilà un petit homme, Charles, n'est-ce pas ? et je crois que tu aimes beaucoup ta maman. Eh bien ! il va falloir que tu l'aimes encore davantage, parce que désormais, elle a grand besoin de toi...

J'avais compris avant la dernière phrase. Alors que je n'avais jamais envisagé que mon père pourrait mourir, je me le représentais mort, je le voyais, couché de tout son long, au pied de la meule, comme deux ans plus tôt, un soir de septembre.

Je n'ai pas pleuré, mon juge. Pas plus qu'à la cour d'assises. Tant pis pour les journalistes qui me traiteraient une fois de plus de crapaud visqueux. Je n'ai pas pleuré, mais il m'a semblé que je n'avais plus de sang dans les veines et, quand le vieux Courtois m'a emmené chez lui en me tenant par la main, je marchais comme dans la plume, je traversais un univers aussi inconsistant que de la plume.

On ne m'a pas laissé voir mon père. Je ne suis rentré chez nous que quand il était déjà dans le cercueil. Tout le monde, qui venait à la maison, où il fallait servir à boire du matin au soir et du soir au matin, pour la veillée, tout le monde répétait en hochant la tête :

— Lui qui aimait tant la chasse et qu'on ne voyait jamais sans son fusil...

Trente-cinq ans après, un avocat gonflé d'importance, écarlate de vanité, devait demander avec insistance à ma pauvre mère :

— Etes-vous sûre que votre mari ne s'est pas suicidé ?

Nos paysans de Bourgneuf ont eu plus de tact. Ils en ont parlé entre eux, bien sûr. Mais ils n'ont pas cru nécessaire d'en parler à ma mère.

Mon père s'est suicidé. Et puis après ?

Mon père buvait.

Et moi, j'ai bien envie de vous dire quelque chose. Mais voyez-vous, mon juge, tout intelligent que vous soyez, j'ai peur que vous ne compreniez pas.

Je ne vous dirai pas que ce sont les meilleurs qui boivent, mais que ce sont ceux, à tout le moins, qui ont entrevu quelque chose, quelque chose qu'ils ne pouvaient pas atteindre, quelque chose dont le désir leur faisait mal jusqu'au ventre, quelque chose, peut-être, que nous fixions, mon père et moi, ce soir où nous étions assis tous les deux au pied de la meule, les prunelles reflétant le ciel sans couleur.

Imaginez maintenant cette phrase-là prononcée devant ces messieurs du tribunal et devant mon scorpion boiteux de journaliste !

J'aime mieux parler tout de suite de Jeanne, ma première femme.

Un jour, à Nantes, alors que j'avais vingt-cinq ans, des personnages solennels m'ont remis mon diplôme de docteur en médecine. Le même jour, à la sortie de la cérémonie pendant laquelle j'avais sué sang et eau, un autre monsieur m'a remis plus discrètement un petit paquet qui contenait un stylo sur lequel on avait gravé en lettres d'or mon nom et la date de ma soutenance de thèse.

C'est le stylo qui m'a fait le plus de plaisir. C'était la première chose vraiment gratuite que je recevais.

A la Faculté de Droit, vous n'avez pas la même chance que nous, parce que vous n'êtes pas aussi directement liés à certains gros commerces.

Le stylo m'était offert, comme à tous les jeunes médecins, par une importante société de produits pharmaceutiques.

Nous avons passé une nuit assez crapuleuse, entre étudiants, pendant que ma mère, qui avait assisté à la cérémonie, m'attendait dans sa chambre d'hôtel. Le lendemain matin, sans avoir dormi, je suis reparti avec elle, non pas vers Bourgneuf, où elle avait revendu à peu près tout ce qu'il nous restait de terres, mais vers un petit bourg, Ormòis, à une vingtaine de kilomètres de La Roche-sur-Yon.

Je crois que, ce jour-là, ma mère était pleinement heureuse. Elle était assise, toute petite, mince, à côté de son grand fils, d'abord dans le train, puis dans l'autobus, et, si je l'avais laissé faire, c'est elle qui aurait porté mes valises.

Aurait-elle préféré que je fusse prêtre ? C'est possible. Elle avait toujours désiré que je sois prêtre ou médecin. J'avais choisi la médecine, pour lui faire plaisir, alors que j'aurais mieux aimé traîner mes bottes dans les champs.

Le soir même, j'entrais en quelque sorte en fonctions à Ormois, où ma mère avait racheté le cabinet d'un vieux docteur à moitié aveugle qui se décidait enfin à se reposer.

Une grande rue. Des maisons blanches. Une place avec l'église d'un côté et la mairie de l'autre. Quelques vieilles qui portaient encore le bonnet blanc des Vendéennes.

Enfin, comme nous n'étions pas assez riches pour nous payer une auto et qu'il me fallait un véhicule pour faire mes visites dans les fermes d'alentour, ma mère m'avait acheté une grosse moto peinte en bleu.

34

La maison était claire, trop grande pour nous deux, car ma mère ne voulait pas que nous prenions une servante et, aux heures de consultation, ouvrait elle-même la porte aux malades.

Le vieux docteur, qui s'appelait Marchandeau, s'était retiré à l'autre bout du village, où il avait acheté une petite propriété, et passait ses journées à cultiver son jardin.

Il était maigre, tout chenu, et portait un vaste chapeau de paille qui lui donnait l'air d'un étrange champignon. Il fixait longtemps les gens avant de leur parler, parce qu'il n'était pas sûr de sa vue et qu'il attendait d'entendre le son de leur voix.

Peut-être étais-je heureux aussi, mon juge ! Je n'en sais rien. J'étais plein de bonne volonté. J'ai toujours été plein de bonne volonté. Je voulais faire plaisir à tout le monde et à ma mère avant tout.

Voyez-vous notre petit ménage ? Elle me soignait, me dorlotait. Elle trottait toute la journée à travers la maison trop grande afin de la rendre toujours plus agréable, comme si elle avait senti confusément le besoin de me retenir.

Me retenir de quoi ? N'est-ce pas pour me retenir qu'elle voulait me voir prêtre ou médecin ?

Elle montrait, vis-à-vis de son fils, la même docilité, la même humilité qu'elle avait montrées à l'égard du père, et je l'ai rarement vue assise à table en face de moi ; elle tenait à me servir.

Souvent j'étais obligé de sauter sur ma moto et d'aller voir mon vieux confrère, car je me sentais novice et j'étais parfois embarrassé par certains cas qui se présentaient.

Je voulais bien faire, voyez-vous. J'ambitionnais la perfection. Puisque j'étais médecin, je considérais la médecine comme un sacerdoce.

— Le père Cochin ? me disait Marchandeau. Du moment que vous lui fourrez pour vingt francs de pilules, n'importe lesquelles, il sera content

Car il n'y avait pas de pharmacien dans le village et je vendais les médicaments que je prescrivais.

— Ils sont presque tous les mêmes. Ne leur dites surtout pas qu'un verre d'eau leur fera autant d'effet qu'une drogue. Ils n'auraient plus confiance en vous et, par surcroît, en fin d'année, vous auriez gagné à peine de quoi payer votre patente et vos impôts. Des drogues, mon ami ! Des drogues !...

Le plus amusant, c'est que, comme jardinier, le vieux Marchandeau avait exactement la mentalité des malades dont il se moquait. Du matin au soir, il nourrissait ses plates-bandes des produits les plus invraisemblables dont il lisait le nom dans les catalogues et qu'il faisait venir à grands frais.

Des drogues !... Ils ne demandent pas à être guéris, mais à se soigner... Et surtout ne leur dites jamais qu'ils ne sont pas malades... Vous seriez perdu...

Le docteur Marchandeau, qui était veuf, avait marié une de ses deux filles à un pharmacien de La Roche et vivait avec la seconde, Jeanne, qui avait alors vingt-deux ans.

Je voulais bien faire, je vous l'ai dit, je le répète. Je ne sais même pas si elle était jolie. Mais je savais qu'un homme, à un certain âge, doit se marier.

Pourquoi pas Jeanne ? Elle me souriait timidement à chacune de mes visites. C'était elle qui nous servait le verre de vin blanc de tradition chez nous. Elle prenait un air discret, effacé. Toute sa personne était ainsi effacée, à tel point qu'après seize ans j'ai de la peine à la revoir en esprit.

Elle était douce, comme ma mère.

Je n'avais pas d'amis au village. Je me rendais rarement à La Roche-sur-Yon, car, dans mes moments libres, je préférais me servir de ma moto pour aller à la chasse ou à la pêche.

Je ne lui ai pour ainsi dire pas fait la cour.

— Il me semble que tu tournes autour de Jeanne, m'a dit ma mère, un soir que nous attendions en silence, sous la lampe, le moment d'aller nous coucher.

— Tu crois ?

— C'est une brave jeune fille... Il n'y a rien à dire sur elle...

Une de ces jeunes filles, vous savez, qui étrennent

36

leur robe d'été et leur nouveau chapeau à Pâques, et leur manteau d'hiver à la Toussaint.

— Comme tu ne resteras quand même pas célibataire...

Pauvre maman. Elle m'aurait évidemment préféré curé.

— Veux-tu que j'essaie de savoir ce qu'elle en pense ?

C'est ma mère qui nous a mariés. Nous sommes restés fiancés un an parce que, à la campagne, quand on se marie trop vite, les gens prétendent que c'est un mariage de nécessité.

Je revois le grand jardin des Marchandeau, puis, l'hiver, le salon avec son feu de bûches, où le vieux docteur ne tardait pas à s'endormir dans son fauteuil.

Jeanne travaillait à son trousseau. Puis est venue la période où l'on s'est occupé de la robe de mariée et enfin celle où nous passions nos soirées à dresser et à réviser la liste des invités.

Est-ce comme cela que vous vous êtes marié, mon juge ? Je crois que je finissais par être impatient. Lorsque je l'embrassais, contre la porte, au moment de la quitter, j'étais troublé par la chaleur qui émanait de son corps.

Le vieux Marchandeau était content de voir sa dernière fille casée.

— Maintenant, enfin, je vais pouvoir vivre comme un vieux renard... disait-il de sa voix un peu cassée.

Nous avons passé trois jours à Nice, car je n'étais pas assez riche pour me payer un remplaçant, et je ne pouvais abandonner ma clientèle plus longtemps.

Ma mère y avait gagné une fille, une fille plus docile que si elle avait été sa propre enfant. Elle continuait à diriger notre ménage.

— Qu'est-ce que je dois faire, maman ? questionnait Jeanne avec une douceur angélique.

— Reposez-vous, ma fille. Dans l'état où vous êtes...

Car Jeanne a été tout de suite enceinte. Je voulais

l'envoyer accoucher en clinique, à La Roche-sur-Yon. J'étais un peu effrayé. Mon beau-père se moquait de moi.

— La sage-femme du pays fera tout aussi bien l'affaire... Elle a mis au monde un bon tiers du village...

Cela n'en a pas moins été très dur. C'était toujours mon beau-père qui m'encourageait :

— Avec ma femme, la première fois, c'était encore pis. Mais vous verrez qu'au deuxième...

J'avais toujours parlé d'un fils, je ne sais pas pourquoi. Les femmes, je veux dire ma mère et Jeanne, s'étaient fixées sur cette idée d'un garçon.

Nous avons eu une fille, et ma femme est restée au moins trois mois malade à la suite de ses couches.

Excusez-moi, mon juge, si je parle d'elle avec ce qui pourrait passer pour de la désinvolture. La vérité, voyez-vous, c'est que je ne la connaissais pas, que je ne l'ai jamais connue.

Elle faisait partie du décor de ma vie. Elle faisait partie des conventions. J'étais médecin. J'avais un cabinet, une maison claire et gaie. J'avais épousé une jeune fille douce et comme il faut. Elle venait de me donner un enfant, et je la soignais du mieux que je pouvais.

De loin, cela me paraît terrible. Parce que je n'ai jamais essayé de savoir ce qu'elle pensait, de savoir qui elle était réellement.

Nous avons dormi dans le même lit pendant quatre ans. Nous avons passé nos soirées ensemble, avec maman entre nous deux, parfois avec le père Marchandeau, qui venait boire un verre avant de se coucher.

C'est, pour moi, une photographie déjà effacée. Je ne me serais pas indigné, je vous assure, si, aux Assises, le Président m'avait déclaré en me désignant d'un doigt menaçant :

— Vous l'avez tuée...

Car c'est vrai. Seulement pour celle-là, je ne le savais pas. Si on m'avait demandé à brûle-pourpoint : « Aimez-vous votre femme ? » j'aurais répondu le plus candidement du monde :

« Mais naturellement ! »

Parce qu'il est convenu qu'on aime sa femme. Parce que je ne voyais pas plus loin. Il est convenu aussi qu'on lui fait des enfants. Tout le monde le répétait :

— Le suivant sera sûrement un gros garçon...

Et je me laissais séduire par cette idée d'avoir un gros garçon. Cela faisait plaisir à ma mère aussi.

Je l'ai tuée à cause de cette pensée d'un gros garçon qu'on m'avait mise dans la tête et que je finissais par prendre pour mon désir propre.

Quand Jeanne a fait une fausse couche, après son premier bébé, j'ai été un peu inquiet.

— Cela arrive à toutes les femmes... me disait son père. Vous verrez après quelques années de pratique...

— Elle n'est pas forte...

— Ce sont les femmes qui paraissent n'avoir pas de santé qui sont les plus résistantes. Regardez votre maman...

J'ai continué, mon juge. Je me suis dit que le Dr Marchandeau était plus âgé que moi, avait plus d'expérience que moi et qu'il devait par conséquent avoir raison.

Un gros garçon, très gros, d'au moins six kilos, puisque je pesais six kilos en naissant.

Jeanne ne disait rien. Elle suivait, à travers la maison, le sillage de ma mère.

— Voulez-vous que je vous aide, maman ?

J'étais toute la journée sur ma grosse moto, à faire mes visites, à pêcher. Mais je ne buvais pas. Je n'ai jamais été buveur. Je trompais à peine Jeanne.

Nous passions la soirée à trois, ou à quatre. Puis nous montions. Je lui disais, avec l'air de plaisanter :

— On fait le fils ?

Elle souriait timidement. Elle était très timide.

Elle a été enceinte à nouveau. Tout le monde s'est réjoui et m'a annoncé le fameux garçon de douze livres. Moi, je lui donnais des fortifiants, je lui faisais des piqûres.

— La sage-femme vaut tellement mieux que

tous ces chirurgiens de malheur ! me répétait mon beau-père.

Quand il a fallu avoir recours au forceps, on m'a appelé. La sueur qui me coulait sur les paupières m'empêchait presque de voir. Mon beau-père était là aussi, à aller et venir comme ces petits chiens qui ont perdu la piste.

— Vous verrez que cela ira très bien... Très bien... répétait-il.

J'ai eu l'enfant, en effet. Une énorme fille, à qui il ne manquait que quelques grammes pour faire les douze livres. Mais la mère mourait deux heures plus tard, sans un regard de reproche, en balbutiant :

— C'est bête que je ne sois pas plus forte...

3

Pendant les dernières couches de ma femme, j'ai eu des relations avec Laurette. Si on compte au moins un ivrogne par village, un « homme qui boit » par famille, existe-t-il un bourg de chez nous sans une fille comme la Laurette ?

Elle était bonne chez le maire. C'était une brave fille d'une franchise étonnante, que beaucoup de gens appelleraient sans doute du cynisme. Sa mère était la servante du curé et cela n'empêchait pas la Laurette d'aller confesser tous ses péchés à celui-ci.

Peu de temps après mon installation à Ormois, elle est entrée dans mon cabinet, tranquillement, en habituée.

— Je viens voir, comme je le fais de temps en temps, si je ne suis pas malade, me dit-elle en se troussant et en retirant un petit pantalon blanc tendu sur une paire de fesses rebondies. Le vieux docteur ne vous a pas parlé de moi ?

Il m'avait parlé de la plupart des malades, mais il avait oublié, ou volontairement omis, de faire mention de cette cliente-ci. C'était pourtant une habituée. D'elle-même, la jupe roulée au-dessus du ventre, elle s'étendait sur l'étroit divan recouvert de cuir qui servait pour mes consultations et elle levait les genoux, écartait ses cuisses larges, d'un blanc laiteux, avec une visible satisfaction. On sentait qu'elle aurait volontiers gardé cette pose-là toute la journée.

Laurette ne ratait aucune occasion de coucher avec un homme. Elle m'a avoué que certains jours qu'elle prévoyait une de ces occasions elle ne mettait pas de culotte afin de gagner du temps.

— J'ai de la veine, car il paraît que je ne peux pas avoir d'enfant. Les sales maladies me font tellement peur que j'aime mieux venir me faire examiner souvent...

Je la revoyais tous les mois, parfois davantage. Elle se confessait à peu près aux mêmes époques. Une sorte de nettoyage général. Elle avait toujours le même geste pour retirer sa culotte qui lui collait à la chair et pour s'étendre sur le divan.

J'aurais pu avoir des rapports avec elle dès sa première visite. Au lieu de cela, je suis resté des mois à en avoir envie. J'y pensais le soir dans mon lit. Il m'arrivait d'étreindre ma femme, les yeux fermés, en évoquant les cuisses larges et blanches de Laurette. J'y pensais tellement que j'en arrivais à guetter ses visites et qu'une fois, la croisant sur la place, je n'ai pu me retenir de lui lancer avec un rire gêné :

— Alors, tu ne viens plus me voir ?

Pourquoi j'ai résisté si longtemps, je n'en sais rien. Peut-être à cause de l'idée extraordinaire que je me faisais alors de ma profession ? Peut-être parce que j'ai été élevé dans la peur ?

Elle est venue. Elle a fait les gestes rituels, en me regardant d'un œil curieux, puis amusé. C'était une gamine de dix-huit ans et pourtant elle me considérait comme une grande personne considère un enfant dont elle devine toutes les pensées.

J'étais rouge, maladroit. Je plaisantais, gêné :

— Tu en as eu beaucoup, ces temps-ci ?

Et j'imaginais tous ces hommes que je connaissais pour la plupart, renversant sous eux la fille qui riait.

— Je ne les compte pas, vous savez. C'est comme ça se présente.

Puis soudain, fronçant les sourcils parce qu'une pensée venait de l'effleurer :

— Je vous dégoûte ?

Alors, je me suis décidé. L'instant d'après, j'étais affalé sur elle, comme une grosse bête, et c'était la première fois que je faisais l'amour dans mon cabinet. La première fois aussi que je faisais l'amour avec une femme qui, sans être une professionnelle, avait une absence totale de pudeur, qui se préoccupait de son plaisir et du mien, augmentant l'un et l'autre par tous les moyens possibles et en parlant avec les mots les plus crus.

Jeanne morte, Laurette a continué à venir me voir. Ensuite elle est venue plus rarement, car elle était fiancée avec un garçon par ailleurs très bien. Cela n'empêchait rien.

Est-ce que ma mère était au courant de ce qui se passait entre la servante du maire et moi ? Je me le demande aujourd'hui. Il y a ainsi beaucoup de questions que je me pose depuis que je suis de l'autre côté, non seulement au sujet de ma mère, mais de presque toutes les personnes que j'ai connues.

Ma mère a toujours marché à pas feutrés, comme à l'église. Sauf pour sortir, je ne l'ai jamais vue qu'en pantoufles de feutre et je n'ai connu aucune femme capable, comme elle, d'aller et venir sans le moindre bruit, sans pour ainsi dire déplacer d'air, au point que, tout enfant, il m'arrivait de prendre peur en me jetant dans ses jambes alors que je la croyais ailleurs.

— Tu étais là ?

Que de fois j'ai prononcé ces mots en rougissant !

Je ne l'accuse pas de curiosité. Je crois cependant qu'elle écoutait aux portes, qu'elle a toujours écouté aux portes. Je crois même que, si je le lui disais, elle n'en aurait aucune honte. Cela découle tout naturellement de l'idée qu'elle se fait de son rôle, qui est de protéger. Pour protéger, il faut savoir.

A-t-elle su que je couchais avec Laurette avant la mort de Jeanne ? Je n'en suis pas sûr. Après, elle n'a pas pu ignorer. C'est maintenant, au bout d'un long temps, que je m'en rends compte. J'entends encore sa voix me disant, soucieuse :

— Il paraît qu'une fois mariée Laurette ira vivre à La Rochelle avec son mari, qui compte y reprendre un commerce...

Il y a tant de choses que je comprends, et dont certaines m'effarent, m'effarent d'autant plus que j'ai vécu des années et des années sans les soupçonner ! Ai-je vraiment vécu ? Je finis par me le demander, par penser que j'ai passé mon temps à rêver tout éveillé.

Tout était facile. Tout s'arrangeait. Mes journées s'enchaînaient les unes aux autres selon un rythme égal et lent dont je n'avais pas à me préoccuper.

Tout s'arrangeait, dis-je, à part mon appétit pour les femmes. Je ne dis pas pour l'amour, mais pour les femmes. Comme médecin du bourg, je me croyais tenu à plus de circonspection que quiconque. J'étais hanté par l'idée d'un scandale qui me ferait montrer du doigt et qui créerait autour de moi, dans le village, comme une barrière invisible. Plus mes désirs étaient aigus, douloureux, plus cette peur avait de force, au point, certaines nuits, de se traduire par des cauchemars enfantins.

Ce qui m'effare, mon juge, c'est qu'une femme, ma mère, ait deviné tout ça. J'allais de plus en plus souvent à La Roche-sur-Yon, d'un bond de ma grosse moto. J'y avais quelques amis, des médecins, des avocats, que je rencontrais dans un café où il y avait toujours, dans le fond, près du comptoir, deux ou trois femmes dont j'ai eu envie pendant près de deux ans sans jamais me décider à les emmener au plus proche hôtel.

En rentrant à Ormois, il m'arrivait de parcourir toutes les rues, toutes les routes du village avec l'espoir de rencontrer la Laurette dans un endroit écarté.

43

J'en étais là, et ma mère le savait. Certes, avec mes deux fillettes à soigner, elle ne manquait pas de travail. Je n'en suis pas moins persuadé que c'est à ma seule intention qu'elle s'est décidée un beau jour à prendre une bonne, elle qui avait tellement horreur de voir une étrangère dans son ménage.

Je vous demande pardon, mon juge, de m'attarder sur ces détails, qui vous paraîtront peut-être sordides, mais j'ai l'impression, voyez-vous, qu'ils ont une grande importance.

On l'appelait Lucile et elle venait, bien entendu, de la campagne. Elle avait dix-sept ans. Elle était maigre, avec des cheveux noirs toujours en désordre. Elle était si timide qu'elle laissait tomber les assiettes quand je lui adressais la parole à l'improviste.

Elle se levait de bonne heure, à six heures du matin, et elle descendait la première pour allumer le feu afin que ma mère puisse rester dans l'appartement et soigner mes filles avant de descendre.

C'était en hiver. Je revois le poêle qui fume, je sens encore par toute la maison l'odeur du bois humide qui prend mal, puis celle du café. Presque chaque matin, sous un prétexte quelconque, je descendais dans la cuisine. Sous prétexte d'aller aux champignons, par exemple. Il m'est arrivé cinquante fois d'aller aux champignons dans les prés spongieux rien que pour me trouver seul en bas avec Lucile, qui se contentait de passer un peignoir sur sa chemise de nuit et qui montait plus tard faire sa toilette.

Elle sentait le lit, la flanelle chaude, la sueur. Je pense qu'elle ne soupçonnait rien de mes desseins. Je m'arrangeais pour la frôler, pour la toucher sous différents prétextes.

— Savez-vous que vous êtes vraiment trop maigre, ma pauvre Lucile ?

J'avais enfin trouvé ça pour la tâter, elle se laissait faire, une casserole à la main.

J'y ai mis des semaines, des mois. Après, je mis encore des semaines avant de la renverser sur le coin de la table, toujours à six heures du matin, alors qu'il faisait encore noir dehors.

Elle n'y prenait aucun plaisir. Elle était simplement contente de me donner cette joie. Après, quand elle se relevait, elle se cachait la tête dans ma poitrine. Jusqu'au jour où, enfin, elle a osé lever la tête pour m'embrasser.

Qui sait ? Si sa mère n'était pas morte, si son père n'était pas resté seul dans sa ferme avec sept enfants et ne l'avait pas rappelée pour qu'elle s'en occupe, peut-être beaucoup de choses se seraient-elles passées autrement ?

C'est peu de temps après Lucile, quinze jours après son départ peut-être, alors que, faute de bonne, nous n'avions qu'une femme des environs pour aider au ménage, qu'il s'est produit un incident.

La receveuse des postes m'avait amené sa fille, une jeune fille de dix-huit ans ou dix-neuf ans, qui travaillait en ville et dont la santé laissait à désirer.

— Elle ne mange pas. Elle maigrit. Elle a des vertiges. Je me demande si son patron ne la fait pas trop travailler...

Elle était dactylo chez un agent d'assurances. J'ai oublié son prénom, mais je la revois nettement, plus maquillée que les filles de chez nous, les ongles laqués, les talons hauts, la silhouette décidée.

Il n'y a pas eu préméditation à proprement parler. C'est l'habitude, surtout avec les jeunes filles qui ont souvent quelque chose à cacher à leur famille, de les examiner et surtout de les questionner sans témoin.

— Nous allons voir ça, madame Blain. Si vous voulez attendre un instant...

J'ai eu l'impression, tout de suite, que la gamine se moquait de moi et je me demande maintenant si j'avais vraiment l'air d'un homme hanté par le désir. C'est possible. Je n'y peux rien.

— Je parie que vous allez me demander de me déshabiller...

Tout de go, sans m'avoir donné le temps d'ouvrir la bouche.

— Oh ! vous savez, cela m'est égal. D'ailleurs, tous les docteurs sont comme ça, n'est-ce pas ?

Elle retirait sa robe, comme dans une chambre à coucher, en se regardant dans le miroir et en remettant ensuite ses cheveux en ordre.

— Si c'est à la tuberculose que vous pensez, ce n'est pas la peine de m'ausculter, car j'ai passé à l'écran le mois dernier...

Et, me faisant enfin face :

— J'enlève ma combinaison ?

— Ce n'est pas nécessaire.

— Comme vous voudrez. Qu'est-ce que je dois faire ?

— Vous étendre ici et ne plus bouger...

— Vous allez me chatouiller... Je vous avertis que je suis très chatouilleuse...

Comme je pouvais m'y attendre, dès que je l'ai touchée, elle s'est mise à rire et à se tortiller.

Une petite garce, mon juge. Je la détestais et je la voyais guetter l'expression de mon trouble.

— Vous n'allez quand même pas me dire que cela ne vous fait rien. Je suis bien sûre que, si c'était ma mère ou une autre vieille femme, vous n'éprouveriez pas le besoin d'examiner les mêmes endroits... Si vous voyiez vos yeux...

Je me suis conduit comme un idiot. Elle n'était pas novice, j'en avais la preuve. Elle s'était avisée d'un signe évident de mon trouble et cela l'amusait, elle riait, la bouche ouverte. C'est ce que je revois le plus nettement d'elle : cette bouche ouverte, ces dents brillantes, une petite langue rose et pointue tout près de mon visage. J'ai dit, d'une voix qui n'était pas ma voix habituelle :

— Ne bouge pas... Laisse-toi faire...

Et elle, alors, se débattant tout à coup :

— Non, mais des fois... Vous devenez fou ?

Encore un détail qui me revient, qui aurait dû me rendre plus prudent. La femme de ménage était occupée à balayer dans le corridor qui se trouvait derrière mon cabinet de consultation et de temps en temps, la brosse venait heurter la porte.

Pourquoi ai-je insisté, alors que je n'avais pas

beaucoup de chances ? La gamine a prononcé à voix très haute :

— Si vous ne me lâchez pas tout de suite, je crie...

Qu'a entendu exactement la femme de ménage ? Elle a frappé à la porte. Elle a ouvert en demandant :

— Monsieur a appelé ?

Je ne sais pas ce qu'elle a vu. J'ai balbutié :

— Non, Justine... Merci...

Et quand l'autre est sortie, la petite garce a éclaté de rire.

— Vous avez eu peur, hein ! Bien fait pour vous. Je me rhabille. Qu'est-ce que vous allez raconter à maman ?

C'est la mienne, de mère, qui a été mise au courant, par Justine, j'en jurerais. Elle ne m'en a jamais parlé. Elle n'en a rien laissé paraître. Seulement, le soir même, ou le lendemain, elle m'a dit, avec son air de ne pas y toucher, de parler toute seule :

— Je me demande si tu n'as pas gagné assez d'argent pour t'installer en ville...

Puis, tout de suite, ce qui est bien dans sa manière :

— Remarque qu'il faudra de toute façon nous y installer tôt ou tard, à cause de tes filles qui ne peuvent pas aller à l'école du village et que tu devrais envoyer au couvent...

Je n'avais pas gagné beaucoup d'argent, mais j'en avais gagné et mis de côté. Grâce à la propharmacie, comme nous disons, c'est-à-dire à la latitude qu'ont les médecins de village de vendre les médicaments.

Nous étions prospères. Le peu de terres que ma mère avait sauvées du désastre nous donnait un petit revenu, sans compter qu'elles nous fournissaient le vin, les châtaignes, quelques poulets et lapins, sans compter le bois de chauffage.

— Tu devrais te renseigner à La Roche-sur-Yon...

La vérité, c'est qu'il y avait presque deux ans que j'étais veuf, et ma mère jugeait prudent de me marier. Elle ne pouvait pas éternellement engager des bonnes complaisantes qui se fianceraient les unes après les autres ou partiraient pour la ville afin de gagner davantage.

— Cela ne presse pas, mais tu pourrais dès maintenant... Moi, je suis heureuse ici, je serai heureuse n'importe où, tu comprends ?

Je crois aussi que maman n'aimait pas me voir toujours en culottes et en bottes, comme mon père, passant à la chasse le plus clair de mes moments de liberté.

J'étais un poussin, mon juge, mais je n'en avais pas conscience. J'étais un gros poussin d'un mètre quatre-vingts de haut et de quatre-vingt-dix kilos, un monstrueux poussin suant la santé et la force par tous les pores et obéissant à sa mère comme un petit enfant.

Je ne lui en veux pas. Elle a usé sa vie à essayer de me protéger. Elle n'a pas été la seule.

Si bien que j'en arrive parfois à me demander si j'étais marqué d'un signe que les femmes, certaines femmes, reconnaissaient, et qui leur donnait le désir de me défendre contre moi-même.

Cela n'existe pas, je sais. Mais quand on revoit sa vie, après coup, on a tendance à se dire :

« Cela s'est passé comme si... »

Que maman ait eu peur, après l'incident de la petite garce, c'est indiscutable. Elle avait l'expérience de ces sortes de choses, elle dont le mari passait pour le plus forcené trousseur de jupons du canton. Combien de fois n'est-on pas venu lui dire :

— Dis donc, ma pauvre Clémence, sais-tu que ton mari a encore enceinté la fille Charruau ?

Car mon père, lui, les « enceintait » sans vergogne, quitte à être forcé ensuite de vendre un nouveau lopin de terre. Tout lui était bon, les jeunes et les vieilles, les putains et les pucelles.

C'est à cause de cela, en somme, qu'on allait me marier.

Je n'ai jamais protesté. Non seulement je n'ai pas protesté, mais je n'ai jamais eu conscience de subir une contrainte. Et cela, vous le verrez, est très important. Je ne suis pas un révolté. Je suis tout le contraire.

Toute ma vie, je crois vous l'avoir déjà dit et répété, j'ai voulu bien faire, simplement, tranquillement, pour la satisfaction du devoir accompli.

Est-ce que cette satisfaction a un arrière-goût amer ? C'est une autre question. J'aime mieux ne pas y répondre tout de suite. Souvent il m'est arrivé, le soir, en regardant un ciel incolore, un ciel comme éteint, de penser à mon père étendu au pied de la meule.

N'allez pas me rétorquer que lui, parce qu'il buvait et courait les femelles, ne faisait pas tout son possible. Il faisait tout son possible pour lui, comprenez-vous, le possible qui lui était permis.

Moi, je n'étais que son fils. Je représentais déjà la seconde génération. Comme vous représentez la troisième. Et si je parle de moi au passé c'est que, maintenant que je suis de l'autre côté, j'ai tellement dépassé ces contingences !

Pendant des années et des années, j'ai accompli tout ce qu'on a voulu que j'accomplisse, sans rechigner, en réduisant la tricherie au minimum. J'ai été un assez bon étudiant, malgré ma grosse face brachycéphale. J'ai été un médecin de village consciencieux, en dépit de l'incident de la petite garce.

Tenez ! Je crois même que je suis un bon médecin tout court. Devant mes confrères plus savants ou plus solennels, je me tais, ou je plaisante. Je ne lis pas les revues médicales. Je n'assiste pas aux congrès. Devant une maladie, je suis parfois embarrassé et il m'arrive de passer dans la pièce voisine sous un prétexte quelconque pour consulter mon Savy.

Mais j'ai le sens de la maladie. Je la dépiste comme un chien dépiste le gibier. Je la renifle. Du premier jour où je vous ai vu dans votre cabinet du Palais de Justice, je...

Vous allez vous moquer de moi. Tant pis, mon juge. Je ne vous en dis pas moins : prenez garde à votre vésicule biliaire. Et pardonnez-moi cet accès de vanité professionnelle, de vanité tout court. Ne faut-il pas qu'il me reste un petit quelque chose, comme je disais quand j'étais enfant ?

D'autant plus que nous en arrivons à Armande, ma seconde femme, que vous avez vue à la barre des témoins.

Elle a été très bien, tout le monde en est convenu, et j'en parle sans la moindre ironie. Très « femme de médecin de La Roche-sur-Yon » peut-être, mais, de cela, on ne peut pas lui en vouloir.

Elle est la fille de ce qu'on appelle encore chez nous un propriétaire, un homme qui possède un certain nombre de fermes et qui vit, à la ville, de ses revenus. J'ignore s'il est de vraie noblesse ou si, comme la plupart des hobereaux de Vendée, il s'est contenté d'ajouter une particule à son nom. Toujours est-il qu'il s'appelle Hilaire de Lanusse.

L'avez-vous trouvée belle ? On m'a tellement répété qu'elle l'est que je ne sais plus que penser. Je suis d'ailleurs tout prêt à le croire. Elle est grande, bien découpée, plutôt grasse, à présent, que maigre.

Les mères, à La Roche-sur-Yon, disent volontiers à leur fille :

— Apprends à marcher comme Mme Alavoine...

Elle glisse, vous l'avez vue. Elle évolue comme elle sourit, avec tant d'aisance et de naturel que cela a l'air d'un secret.

Maman, au début, disait d'elle :

— Elle a un port de reine...

Elle a fait, vous vous en êtes rendu compte, une grosse impression sur la Cour, sur les jurés et même sur les journalistes. J'ai vu des gens, alors qu'elle était à la barre, m'examiner curieusement, et il n'était pas difficile de deviner qu'ils pensaient :

« Comment ce rustre-là a-t-il pu avoir une femme pareille ? »

C'est l'impression, mon juge, que nous avons toujours produite, elle et moi. Que dis-je ? C'est l'impression qu'elle m'a toujours produite à moi-même et dont j'ai mis longtemps à me débarrasser.

En suis-je tellement débarrassé ? Je vous en

reparlerai probablement. C'est très complexe, mais je crois qu'en fin de compte j'ai fini par comprendre.

Connaissez-vous La Roche-sur-Yon, ne serait-ce que pour y être passé ? Ce n'est pas une vraie ville, ce qu'en France nous appelons une ville. Napoléon l'a créée de toutes pièces pour des raisons stratégiques, de sorte qu'il y manque ce caractère que donne à nos autres cités le lent apport des siècles, les vestiges de nombreuses générations.

Par contre, on ne manque ni d'espace ni de lumière. Il y en a plutôt trop. C'est une ville éblouissante, aux maisons blanches bordant les boulevards trop larges, aux rues rectilignes éternellement balayées par des courants d'air.

Comme monuments, il y a d'abord les casernes — et il y en a partout. Ensuite la statue équestre de Napoléon, au milieu d'une esplanade démesurée où les hommes ont l'air de fourmis, la Préfecture, harmonieuse dans son parc ombragé et...

C'est tout, mon juge. Une rue commerçante, pour les besoins des paysans qui viennent aux foires mensuelles, un théâtre minuscule flanqué de colonnes doriques, un bureau de poste, un hôpital, une trentaine de médecins, trois ou quatre avocats, des notaires, des avoués, des marchands de biens, d'engrais, de machines agricoles et une douzaine d'agents d'assurances.

Ajoutez deux cafés d'habitués en face de la statue de Napoléon, à deux pas d'un Palais de Justice dont la cour intérieure ressemble à un cloître, quelques bistrots pleins de bonnes odeurs autour de la place du Marché et vous aurez fait le tour de la ville.

Nous nous y sommes installés au mois de mai, ma mère, mes deux filles et moi, dans une maison presque neuve séparée d'une rue calme par une pelouse et par des ifs taillés. Un serrurier est venu visser à la grille une jolie plaque de cuivre portant mon nom, la mention « médecine générale » et mes heures de consultation.

Pour la première fois, nous avions un grand salon, un vrai salon, avec des lambris blancs jusqu'à hauteur d'homme et des trumeaux au-dessus des portes, mais nous sommes restés plusieurs mois avant de faire les frais de le meubler. Pour la première fois aussi il y avait dans la salle à manger un timbre électrique pour appeler la bonne.

Et nous avons pris une bonne tout de suite, car, à La Roche-sur-Yon, il aurait été inconvenant que ma mère fût aperçue en train de faire le ménage. Elle le faisait quand même, bien sûr, mais, grâce à la bonne, l'honneur était sauf.

C'est curieux que je me souvienne à peine de cette bonne-là. Elle devait être quelconque, entre deux âges. Ma mère prétend qu'elle nous était très dévouée et je n'ai aucune raison de ne pas la croire.

Je me souviens parfaitement de deux gros lilas en fleur qui flanquaient la grille d'entrée. Les clients franchissaient celle-ci et on entendait leurs pas sur le gravier de l'allée qu'une flèche leur indiquait et qui, au lieu de les conduire à l'entrée principale, les menait au salon d'attente, dont la porte était munie d'une sonnerie électrique. De la sorte, de mon cabinet, je pouvais compter mes patients, ce que j'ai fait pendant longtemps, non sans une certaine angoisse, car je n'étais pas sûr de réussir à la ville.

Tout s'est fort bien passé. J'étais content. Nos vieux meubles ne s'harmonisaient guère avec la maison, mais cela nous donnait, à maman et à moi, des sujets de conversation, car nous discutions soirée après soirée de ce que nous achèterions au fur et à mesure des rentrées d'argent.

Je connaissais mes confrères avant de m'installer, mais comme un petit médecin de campagne connaît les médecins du chef-lieu.

Il fallait les inviter chez nous. Tous mes amis me disaient que c'était indispensable. Nous avions très peur, ma mère et moi, mais nous n'en avons pas moins décidé de donner un bridge et d'inviter une bonne trentaine de personnes.

Est-ce que cela ne vous ennuie pas que je vous donne ces petits détails ? La maison a été sens dessus dessous pendant plusieurs jours. Je m'occupais des vins, des liqueurs et des cigares, maman des sandwiches et des petits fours.

Nous nous demandions combien de personnes viendraient et tout le monde est venu, avec même une personne de plus, et cette personne-là, que nous ne connaissions pas, dont nous n'avions jamais entendu parler, c'était Armande.

Elle accompagnait un de mes confrères, un laryngologue, qui s'était donné pour tâche de la distraire, car elle était veuve depuis un an environ. La plupart de mes amis, à La Roche-sur-Yon, se relayaient pour la sortir et pour lui changer les idées.

Etait-ce vraiment nécessaire ? Je n'en sais rien. Je ne juge pas. Je ne jugerai plus jamais.

Tout ce que je sais, c'est qu'elle était vêtue de noir avec un peu de mauve et que ses cheveux blonds, arrangés avec un soin particulier, formaient une masse lourde et somptueuse.

Elle parlait peu. Par contre, elle regardait, elle voyait tout, surtout ce qu'elle n'aurait pas dû voir, et un léger sourire flottait alors sur ses lèvres, par exemple quand maman a passé de minuscules saucisses — le traiteur lui avait affirmé que c'était le grand chic — en les accompagnant de nos belles fourchettes en argent au lieu de les piquer sur un petit bâtonnet.

C'est à cause de sa présence, de ce vague sourire qui errait sur son visage, que j'ai eu soudain conscience du vide de notre maison et nos quelques meubles, placés un peu au petit bonheur, m'ont paru ridicules, nos voix me donnaient l'impression de se heurter à tous les murs comme dans des pièces inhabitées.

Ces murs étaient presque nus. Nous n'avions jamais possédé de tableaux. Nous ne nous étions jamais préoccupés d'en acheter. A Bourgneuf, notre maison était garnie d'agrandissements photographiques et de calendriers. A Ormois, j'avais fait encadrer quelques reproductions découpées dans les revues d'art que les fabricants de produits pharmaceutiques éditent à l'intention des médecins.

Il y en avait quelques-unes sur les murs et c'est au cours de cette première réception que l'idée m'est venue que mes invités les connaissaient puisque tous, ou à peu près, recevaient les mêmes revues.

C'était le sourire d'Armande qui m'ouvrait les yeux. Et pourtant ce sourire était empreint d'une extrême bienveillance. Faudrait-il dire plutôt d'une ironique condescendance ? J'ai toujours eu l'ironie en horreur et je ne m'y connais pas. Toujours est-il que je me sentais fort mal à l'aise.

Je ne voulais pas jouer au bridge, car, à cette époque-là, j'étais un joueur plus que médiocre.

— Mais si, insistait-elle, je vous en prie. Je tiens absolument à vous avoir pour partenaire. Vous verrez que cela ira très bien...

Maman s'affairait, angoissée à la pensée de la gaffe possible, à l'idée qu'elle pourrait me porter tort. Elle s'excusait de tout. Elle s'excusait trop, avec une humilité qui devenait gênante. On sentait tellement qu'elle n'avait pas l'habitude !

De ma vie, je n'ai joué aussi mal que ce soir-là. Les cartes se brouillaient devant mes yeux. J'oubliais les annonces. Au moment de servir, j'hésitais, je regardais ma partenaire et son sourire encourageant me faisait rougir davantage.

— Prenez votre temps, disait-elle. Ne vous laissez pas impressionner par ces messieurs.

Il y a eu une désagréable histoire de sandwiches au saumon fumé qui était vraiment trop salé. Comme nous n'en avons pas mangé, ma mère ni moi, nous n'avons rien su le soir même, heureusement. Mais le lendemain ma mère a retrouvé je ne sais combien de ces sandwiches que les invités avaient laissé discrètement tomber derrière les meubles et les rideaux.

Pendant plusieurs jours je me suis demandé si Armande en avait pris. Je n'étais pas amoureux d'elle. Je ne croyais pas la chose possible. Son souvenir, simplement, m'exaspérait, et je lui en voulais de m'avoir fait sentir ma gaucherie, sinon ma vulgarité. Et justement de me l'avoir fait sentir avec cet air bienveillant.

C'est le lendemain, au café où j'allais à peu près

chaque soir prendre l'apéritif, que j'ai eu quelques détails sur elle et sur sa vie.

Hilaire de Lanusse avait quatre ou cinq enfants, je ne sais plus au juste ; tous étaient mariés avant qu'Armande atteignît sa vingtième année. Elle avait suivi successivement des cours de chant, d'art dramatique, de musique et de danse.

Comme cela arrive souvent pour les dernières-nées, le noyau familial n'existait plus au moment où elle entrait vraiment dans la vie et elle se trouvait aussi libre, dans la grande maison de son père, place Boieldieu, que dans une pension de famille.

Elle avait épousé un musicien d'origine russe qui l'avait emmenée à Paris, où elle vécut six ou sept ans avec lui. Je le connais par ses photographies. Il était jeune, avec un visage étonnamment long et étroit, d'une nostalgie, d'une tristesse infinies.

Il était tuberculeux. Pour l'emmener en Suisse, Armande a réclamé la part qui lui revenait de sa mère et c'est avec cet argent qu'ils ont encore vécu trois ans, seuls dans un chalet, en haute montagne.

Il y est mort, mais ce n'est que quelques mois plus tard qu'elle est revenue prendre sa place dans la maison de son père.

Je suis resté plus d'une semaine sans la revoir et, s'il m'arrivait souvent de penser à elle, c'est que son souvenir était lié à celui de notre première soirée, c'est que j'y cherchais la critique de nos faits et gestes à ma mère et à moi.

Un soir que je prenais l'apéritif au *Café de l'Europe*, je l'ai vue à travers le rideau, qui passait sur le trottoir. Elle était seule. Elle marchait sans voir personne. Elle portait un tailleur noir d'une élégance et d'une simplicité de coupe qu'on n'est pas habitué à trouver dans les petites villes de province.

Je n'ai pas été ému le moins du monde. J'ai seulement pensé aux sandwiches abandonnés derrière les meubles, et cela m'a été fort désagréable.

Quelques jours plus tard, chez un autre médecin, à un bridge, je me suis retrouvé à la même table qu'elle.

Je connais mal les usages de Paris. Chez nous, chaque médecin, chaque personne d'un même milieu, donne au moins un bridge par saison, ce qui finit par nous réunir une fois ou deux par semaine, chez l'un ou chez l'autre.

— Comment vont vos petites filles ? Car j'ai appris que vous avez deux adorables petites filles.

On lui avait parlé de moi. J'en étais gêné, je me demandais ce qu'on avait pu lui dire.

Ce n'était plus une jeune fille. Elle avait trente ans. Elle avait été mariée. Elle possédait de la vie beaucoup plus d'expérience que moi, qui étais légèrement son aîné, et cela se sentait dans ses moindres paroles, dans ses attitudes, dans son regard.

J'avais l'impression qu'elle me prenait un peu sous sa protection. Elle me défendit d'ailleurs, ce soir-là, au bridge, à propos d'une impasse que j'avais risquée au petit bonheur. Un des joueurs la discutait.

— Avouez, disait-il, que vous avez eu de la chance ; vous aviez oublié que le dix de pique était passé...

— Mais non, Grandjean, prononça-t-elle avec sa sérénité habituelle. Le docteur savait fort bien ce qu'il faisait. La preuve c'est que, au coup précédent, il s'est défaussé d'un cœur, ce qu'il n'aurait pas fait autrement.

C'était faux. Elle le savait et je savais. Et je savais qu'elle savait.

Comprenez-vous ce que cela signifiait ?

A quelque temps de là, alors que nous ne nous étions pas rencontrés plus de quatre fois, ma fille aînée, Anne-Marie, a attrapé la diphtérie. Mes filles, comme la plupart des enfants de médecins, ont collectionné, pendant leur jeunesse, toutes les maladies infectieuses.

Je ne voulais pas la mettre à l'hôpital, lequel, à cette époque-là, n'était pas tenu à mon goût. Il n'y avait pas de lit disponible dans les cliniques privées.

J'ai décidé d'isoler Anne-Marie à la maison et, comme je ne me fiais pas à moi-même pour la soigner, j'ai fait appel à mon ami le laryngologue.

Dambois, c'est son nom. Celui-là a dû lire passionnément les comptes rendus de mon procès. C'est un grand maigre, au cou démesuré, à la pomme d'Adam proéminente, aux yeux de clown.

— Ce qu'il faudrait trouver avant tout, me dit-il, c'est une infirmière. Tout à l'heure, je donnerai quelques coups de téléphone, mais je doute de réussir...

La diphtérie régnait en effet dans tout le département, et il n'était même pas facile de se procurer du sérum.

— Il est impossible, en tout cas, que votre maman continue à soigner la malade et à s'occuper de la plus jeune. Je ne sais pas encore ce que je vais faire, mais je m'en occuperai. Comptez sur moi, mon vieux...

J'étais effondré. J'avais peur. Je ne savais plus où donner de la tête. A dire vrai, j'attendais tout de Dambois, je n'avais plus de volonté propre.

— Allô !... C'est vous, Alavoine ?... Ici, Dambois...

Il y avait à peine une demi-heure qu'il avait quitté la maison.

— J'ai fini par trouver une solution. Comme je le pensais, il ne faut pas compter trouver une infirmière, même à Nantes, où l'épidémie est encore plus grave qu'ici... Armande, qui a entendu mes appels téléphoniques, s'est offerte spontanément pour s'occuper de votre fille... Elle a l'habitude des malades... Elle est intelligente... Elle a la patience qu'il faut... Elle sera chez vous d'ici une heure ou deux... Vous n'avez qu'à lui dresser un lit de camp dans la chambre de votre petite malade... Mais non, mon vieux, cela ne l'ennuie pas du tout... Au contraire... Entre nous, je vous avouerai que j'en suis enchanté, car cela va lui changer les idées... Vous ne la connaissez pas... Les gens s'imaginent, parce qu'elle sourit, qu'elle a retrouvé son équilibre... Ma femme et moi, qui la voyons chaque jour, qui la connaissons dans l'intimité, nous savons qu'elle est désemparée et, je vous le dis confidentiellement, nous avons cru longtemps que cela finirait mal... Donc, pas de scrupules...

» Ce qui la mettra le plus à son aise ; c'est que vous la traitiez comme une infirmière ordinaire, que vous ne vous occupiez pas d'elle, que vous lui fassiez confiance en ce qui concerne la malade...

» Je vous quitte, mon vieux, car elle est en bas, avec ma femme, et elle attend votre réponse pour aller faire sa valise...

» Elle sera chez vous dans une heure ou deux...

» Elle a beaucoup de sympathie pour vous... Seulement, elle ne montre pas facilement ses sentiments profonds...

» Nous aurons le sérum ce soir... Occupez-vous de vos malades et, pour le reste, laissez-nous faire...

Voilà comment, mon juge, Armande est entrée dans la maison, un petit sac de voyage à la main. Son premier soin a été de revêtir une blouse blanche et de cacher ses cheveux blonds sous un fichu de voile.

— Il ne faudra plus, madame, sous aucun prétexte, que vous entriez dans cette chambre, a-t-elle dit à ma mère. Vous savez qu'il y va de la santé de votre seconde petite-fille. J'ai apporté un réchaud électrique et tout le nécessaire. Ne vous occupez de rien.

J'ai retrouvé quelques minutes plus tard maman en larmes dans le corridor, près de la cuisine. Elle ne voulait pas pleurer devant la bonne — ni devant moi.

— Qu'est-ce que tu as ?

— Je n'ai rien, répondait-elle en reniflant.

— Anne-Marie sera très bien soignée...

— Oui...

— Dambois affirme qu'elle n'est pas en danger et il ne le dirait pas s'il en avait le moindre doute...

— Je sais...

— Pourquoi pleures-tu ?

— Je ne pleure pas...

Pauvre maman, elle savait bien, elle, que ce qui venait d'entrer dans la maison, c'était une volonté plus forte que la sienne, devant laquelle, dès le premier jour, elle était obligée de s'effacer.

58

Et tenez, mon juge. Vous me direz que je collectionne les détails ridicules. Savez-vous ce qui, à mon avis, a été le plus pénible à ma mère ? C'est le réchaud électrique que *l'autre* avait eu la précaution d'apporter avec elle.

L'autre avait pensé à tout, comprenez-vous ? Elle n'avait besoin de personne. Elle ne voulait avoir besoin de personne.

4

Cela s'est passé la seconde nuit. Sans doute a-t-elle frappé à la porte, mais elle n'a pas attendu de réponse. Sans tourner le commutateur mural, et comme si la chambre lui était familière, elle a allumé la lampe de chevet. J'ai eu vaguement conscience qu'on me touchait l'épaule. J'ai le sommeil dur. Mes cheveux, la nuit, s'écrasent sur mon crâne et font paraître ma face encore plus large. J'ai toujours trop chaud et je devais être luisant.

Quand j'ai ouvert les yeux, elle était assise au bord de mon lit, en blouse blanche, son voile sur la tête, et elle me disait, calme et sereine :

— Ne vous inquiétez pas, Charles. J'ai simplement besoin de vous parler.

Il y a eu dans la maison comme des grattements de souris. Ma mère, probablement, qui dort à peine et qui devait être aux aguets.

C'était la première fois qu'Armande m'appelait Charles. Il est vrai qu'elle avait vécu dans des milieux où on a la familiarité facile.

— Anne-Marie n'est pas plus mal, ne craignez rien...

Elle n'avait pas de robe sous sa blouse d'infirmière, seulement son linge, de sorte que, par endroits, le tissu était comme gonflé par la chair.

— Henri est certainement un excellent médecin, poursuivait-elle, et je ne voudrais pas lui faire de peine. Je lui ai parlé sérieusement tout à l'heure, mais il n'a pas eu l'air de comprendre. En médecine, voyez-vous, c'est un timide, et il se sent d'autant plus de responsabilité que vous êtes un confrère...

J'aurais donné gros pour me passer un peigne dans les cheveux, pour me laver les dents. Force m'était de rester sous la couverture, à cause de mon pyjama froissé. Elle a pensé à me tendre un verre d'eau, m'a proposé :

— Une cigarette ?

Elle en a allumé une aussi.

— Il m'est arrivé, en Suisse, de soigner un cas semblable à celui d'Anne-Marie, la fille d'une de nos voisines. Cela vous explique que je m'y connaisse un peu. En outre, nous avions beaucoup d'amis médecins, mon mari et moi, dont quelques grands professeurs, et nous avons passé des soirées et des soirées à discuter avec eux...

Il faut que ma mère ait eu peur. Je l'ai vue s'encadrer, toute grise, plus claire que l'obscurité du palier, dans la porte restée ouverte. Elle était en peignoir, les cheveux sur des bigoudis.

— Ne vous inquiétez pas, madame. J'ai simplement besoin de consulter votre fils sur la façon d'appliquer le traitement.

Maman regardait nos deux cigarettes dont la fumée se mêlait dans le halo lumineux de la lampe de chevet. Je suis sûr que c'est ce qui l'a le plus frappée. Nous fumions des cigarettes, ensemble, à trois heures du matin, sur mon lit.

— Je ne savais pas, excusez-moi. J'ai entendu du bruit et je suis venue voir...

Elle disparut, et Armande poursuivit, comme si nous n'avions pas été interrompus :

— Henri lui a injecté vingt mille unités de sérum. Je n'ai pas osé le contredire. Vous avez vu la température de ce soir...

— Descendons dans mon cabinet, dis-je.

Elle se retourna pendant que je passais une robe de chambre. Une fois sur un terrain plus solide, je pus bourrer une pipe, ce qui me rendit un peu d'aplomb.

— Combien, cette nuit ?

— Quarante. C'est pourquoi je vous ai éveillé. La plupart des professeurs que j'ai connus ont, en matière de sérum, une idée différente de celle d'Henri. L'un d'eux nous répétait souvent : frapper fort ou ne pas frapper du tout ; une dose massive ou rien...

Pendant trois ans, à Nantes, j'avais entendu mon bon maître Chevalier, à la voix claironnante, nous enseigner la même chose, et il ajoutait, lui, avec sa brutalité légendaire :

— Si le malade en crève, c'est le malade qui a tort.

Je remarquai que deux ou trois de mes livres de thérapeutique manquaient dans les rayons et je compris qu'Armande était descendue pour les prendre. Pendant dix minutes, elle me parla de la diphtérie comme j'aurais été incapable de le faire.

— Vous pouvez évidemment téléphoner au docteur Dambois. Je me demande si ce ne serait pas plus simple et moins vexant pour lui que vous preniez sur vous de faire une nouvelle injection de sérum.

C'était très grave. Il s'agissait de ma fille. Il s'agissait, d'autre part, d'un confrère, d'une lourde responsabilité professionnelle, de ce qu'il fallait bien appeler à tout le moins une indélicatesse.

— Venez la voir...

La chambre de ma fille, c'était déjà son domaine qu'elle avait organisé à sa guise. Pourquoi cela se sentait-il dès qu'on y pénétrait ? Et pourquoi, malgré l'odeur de la maladie et des remèdes, était-ce son odeur à elle qui me frappait, alors que le lit de camp n'était pas défait ?

— Lisez-ce passage... Vous verrez, presque tous les grands patrons sont du même avis...

Cette nuit-là, mon juge, je me demande si je n'ai pas eu vraiment l'âme d'un criminel. J'ai cédé. J'ai fait ce qu'elle avait décidé que je ferais. Non parce que j'y croyais, non à cause des idées de mon maître Chevalier en matière de sérum, ni à cause des textes qu'on me donnait à lire.

J'ai cédé parce qu'elle le voulait.

J'en avais la pleine conscience. La vie de ma fille aînée était en jeu. Rien que du strict point de vue de la déontologie, je commettais une faute lourde.

Je l'ai fait et je savais mal faire. Je le savais si bien que je tremblais de voir paraître à nouveau la silhouette fantomatique de ma mère.

Dix mille unités de plus. Elle m'aidait à faire la piqûre. Elle ne me laissa que le geste principal à accomplir. Ses cheveux, pendant que j'opérais, me frôlaient le visage.

Cela ne m'a pas ému. Je ne la désirais pas et je crois que j'avais la certitude de ne la désirer jamais.

— Allez vous coucher, maintenant. Vous commencez vos consultations à huit heures.

J'ai mal dormi. Dans mon demi-sommeil, j'avais la sensation de quelque chose d'inéluctable. Ne croyez pas que j'invente après coup. J'étais assez satisfait, d'ailleurs, en dépit de mon inquiétude et de mon malaise. Je me disais : « Ce n'est pas moi. C'est elle. »

J'ai fini par m'endormir. Quand je suis descendu, le matin, Armande prenait l'air dans le jardin et portait une robe sous sa blouse.

— 39°2, m'annonça-t-elle joyeusement. Elle a tellement transpiré, vers la fin de la nuit, que j'ai dû lui changer les draps deux fois.

Nous n'avons rien dit à Dambois ni l'un ni l'autre. Armande n'avait aucune peine à se taire. Moi, chaque fois que je le voyais, j'étais obligé de me mordre la langue.

J'allais écrire, mon juge, que ce que je viens de vous raconter, c'est toute l'histoire de mon mariage. Elle est entrée chez nous sans que je le demande, sans que je le désire. Le second jour, c'était elle qui prenait — ou qui me faisait prendre — les décisions capitales.

Maman, depuis qu'elle était là, était transformée en une petite souris grise et effarée qu'on voyait passer sans bruit devant les portes, et reprenait son habitude de s'excuser à tout propos.

Pourtant, au début, Armande a eu maman pour elle. Vous ne connaissez, pour l'avoir vue au prétoire, que la femme de quarante ans. Elle possédait, voilà dix ans, la même assurance, la même faculté innée de tout dominer autour d'elle, de tout orchestrer, ai-je envie de dire, sans en avoir l'air. Avec, à cette époque, un peu plus de moelleux qu'aujourd'hui, non seulement au physique, mais au moral.

C'est auprès d'elle que la bonne allait tout naturellement prendre des ordres et dix fois par jour elle répétait :

— Mme Armande a dit que... C'est Mme Armande qui l'a commandé...

J'en suis arrivé, plus tard, à me demander si elle avait une arrière-pensée en entrant chez nous sous prétexte de soigner Anne-Marie. C'est stupide, j'en conviens. Maintes fois, j'ai discuté ces questions avec moi-même. Du point de vue strictement matériel, il est certain qu'elle avait dépensé l'héritage de sa mère pour soigner son premier mari et qu'elle était à la charge de son père. Mais celui-ci possédait une jolie fortune qui, à sa mort, même divisée entre cinq enfants, représenterait pour chacun une somme appréciable.

Je me suis dit aussi que le vieux était maniaque, autoritaire, qu'on le disait « original », ce qui, chez nous, signifie bien des choses. Avec celui-là, certes, elle aurait perdu son temps à essayer son pouvoir et je suis persuadé que, dans la maison de la place Boieldieu, elle était obligée de se faire toute petite.

Est-ce la clef du problème ? Je n'étais pas riche. Ma profession, exercée par un homme conscient de ses limites comme je l'étais, n'est pas de celles qui permettent d'amasser une fortune ni de vivre richement.

Je ne suis pas beau, mon juge. J'ai été jusqu'à envisager des hypothèses plus audacieuses. Mon grand corps de paysan, ma gueule luisante de santé, ma lourdeur même... Vous devez savoir que certaines femmes, qui se rencontrent justement parmi les plus évoluées...

Mais non ! Je le sais maintenant. Armande est dotée d'une sexualité normale, plutôt en dessous de la normale.

Il ne reste qu'une explication. Elle vivait chez son père comme elle aurait vécu dans un hôtel meublé. Ce n'était plus son « chez elle ».

Elle est entrée dans notre maison par hasard, par raccroc. Et encore ! Tenez ! Je veux aller tout au fond de ma pensée, quitte à vous faire hausser les épaules. Je vous ai parlé de sa première visite, lors de notre premier bridge. Je vous ai dit qu'elle voyait tout, qu'elle regardait toutes choses autour d'elle avec un léger sourire aux lèvres.

Un tout petit détail me revient à l'esprit. Ma mère a dit, en montrant le salon encore nu :

— Nous allons probablement acheter le salon qui était la semaine dernière à l'étalage de Durand-Weil.

Parce que je lui en avais vaguement parlé. Un salon en imitation de Beauvais, avec des sièges aux pieds dorés.

Les narines d'Armande, qui nous connaissait à peine, qui venait tout juste d'entrer chez nous, se sont légèrement retroussées.

Tant pis si je suis idiot, mon juge. Je vous dis ceci :

A ce moment-là, Armande savait fort bien que nous n'achèterions pas le salon de chez Durand-Weil.

Je ne prétends pas à une conspiration. Je n'affirme pas qu'elle savait qu'elle m'épouserait. Je dis bien *savoir* et j'insiste sur ce mot.

J'ai l'habitude des bêtes, comme tous les paysans. Nous avons eu des chiens et des chats toute notre vie, si intimement mêlés à celle-ci que, quand ma mère veut situer un souvenir dans le temps, elle dit par exemple :

— C'était l'année où nous avions perdu notre pauvre Brutus...

Ou encore :

— C'est quand la chatte noire est allée faire ses petits au-dessus de l'armoire...

Or il arrive que, dans la campagne, une bête se mette à vous suivre, vous et pas un autre, qu'elle pénètre derrière vous dans votre maison et que là, tranquillement, avec une certitude quasi absolue, elle décide que cette maison sera désormais la sienne. Nous avons gardé ainsi pendant trois ans, à Bourgneuf, un vieux chien jaune, à moitié aveugle, devant qui les chiens de mon père ont été forcés de s'incliner.

Il était malpropre par surcroît, et souvent j'ai entendu dire par mon père :

— Je ferais mieux de lui tirer un coup de fusil dans la tête.

Il ne l'a pas fait. L'animal, que nous avions appelé Jaunisse, est mort de sa belle mort, ou plutôt de sa laide mort, car son agonie a duré trois jours, pendant lesquels ma mère passait son temps à lui appliquer des compresses chaudes sur le ventre.

Moi aussi, plus tard, il m'est arrivé de penser :

« Je ferais mieux de lui envoyer une balle dans la tête. »

Et je ne l'ai pas fait. C'est une autre qui...

Ce que je veux essayer de vous faire comprendre, mon juge, c'est qu'elle est entrée chez nous le plus naturellement du monde et que, le plus naturellement du monde aussi, elle y est restée.

Il y a mieux. Quand il s'agit de fatalités de cette sorte, de choses inéluctables, on dirait que chacun s'empresse de se faire complice du sort ; que chacun s'ingénie à le flatter.

Dès les premiers jours, mes amis prenaient l'habitude de me demander :

— Comment va Armande ?

Et cela leur paraissait normal qu'elle fût chez moi, que ce fût auprès de moi qu'on s'informât de sa santé.

Après quinze jours, comme la maladie suivait son cours, on disait avec la même simplicité, qui impliquait néanmoins tant de choses :

— C'est une femme étonnante.

A croire, comprenez-vous, qu'on me considérait déjà comme son possesseur. Ma mère elle-même... Je vous ai assez parlé d'elle pour que vous la connaissiez... Marier son fils, soit, puisque je n'avais pas voulu être curé... A la condition expresse que la maison reste la sienne et qu'elle continue à la diriger à sa guise...

Eh bien ! mon juge, c'est ma mère qui a prononcé la première, alors qu'Armande n'était en somme chez nous qu'à titre de garde-malade bénévole, c'est ma mère qui a prononcé, un soir que je m'étonnais de manger des petits pois préparés autrement que chez nous :

— J'ai demandé à Armande comment elle les aimait. C'est elle qui m'a donné la recette. Tu ne les aimes pas ?

Armande m'a tout de suite appelé Charles, et c'est elle qui m'a prié de l'appeler par son prénom. Elle n'était pas coquette. Je l'ai toujours vue, même mariée, vêtue d'une façon assez stricte, et je me souviens d'un mot que j'ai entendu sur elle :

— Mme Alavoine, c'est comme une statue qui marcherait.

Anne-Marie une fois guérie, elle a continué à venir la voir presque chaque jour. Comme maman n'avait guère de temps pour sortir les enfants, elle venait les chercher et les conduisait prendre l'air dans le jardin de la Préfecture.

Ma mère m'a dit :

— Elle aime beaucoup tes filles.

Un de mes clients a gaffé :

— Je viens justement de rencontrer votre femme et vos fillettes qui tournaient le coin de la rue de la République.

Et Anne-Marie, un jour que nous étions à table tous ensemble, a prononcé gravement :

— C'est maman Armande qui me l'a dit...

Quand nous nous sommes mariés, six mois plus tard, il y avait longtemps qu'elle régnait sur la maison, sur la famille et, pour un peu, les gens de la ville, parlant de moi, auraient dit, non pas : « C'est le docteur Alavoine... », mais : « C'est le futur mari de Mme Armande... »

Ai-je le droit de prétendre que je ne l'ai pas voulu ? J'étais consentant. Tout d'abord, il y avait mes deux filles.

« Elles seront si heureuses d'avoir une maman... »

Ma mère commençait à se faire vieille et, refusant de l'admettre, trottait du matin au soir, s'usant à la tâche.

Allons ! Que je sois absolument sincère. Sinon, mon juge, ce n'est pas la peine de vous écrire. Je vais vous résumer en deux mots mon état d'esprit d'alors.

Primo : lâcheté.

Secundo : vanité.

Lâcheté, parce que je n'avais pas le courage de dire non. Tout le monde était contre moi. Tout le monde, par une sorte d'accord tacite, poussait à ce mariage.

Or, cette femme si étonnante, je ne la désirais pas. Je ne désirais pas particulièrement Jeanne non plus, ma première femme, mais, à cette époque-là, j'étais jeune, je me mariais pour me marier. Je ne savais pas en l'épousant qu'elle laisserait une bonne part de moi-même inassouvie et que je serais tourmenté toute ma vie par le désir de la tromper.

Avec Armande, je le savais. Je vais vous avouer une chose ridicule. Supposez que les conventions, le savoir-vivre n'aient pas existé. J'aurais plus volontiers épousé Laurette, la fille d'Ormois, aux grosses cuisses blanches, que la fille de M. Hilaire de Lanusse.

Que dis-je ? Je lui aurais préféré la petite bonne, Lucile, avec qui il m'est arrivé de faire l'amour sans qu'elle eût le temps de poser un soulier qu'elle était occupée à cirer et qu'elle gardait comiquement à la main.

Seulement, je venais de m'installer en ville. J'habitais une jolie maison. Le simple bruit des pas sur le fin gravier des allées était pour moi comme un signe de luxe et j'avais fini par m'offrir un objet que je convoitais depuis longtemps, un jet d'eau tournant pour arroser les pelouses.

Ce n'est pas à la légère, mon juge, que je vous ai affirmé qu'une génération en plus ou en moins pouvait avoir une importance capitale.

Armande, elle, avait je ne sais combien de générations d'avance. Le plus probable — nous en avons des quantités comme ça en Vendée — c'est que ses ancêtres s'étaient enrichis dans les biens nationaux, lors de la Révolution, et se sont ensuite offert une particule.

Je fais tous mes efforts, vous le voyez, pour serrer la vérité d'aussi près que possible. Dieu sait si, au point où j'en suis, un peu plus ou un peu moins n'a aucune importance. Je me crois aussi sincère qu'un homme peut l'être. Et je suis lucide comme on ne le devient qu'une fois passé de l'autre bord.

Je ne m'en rends pas moins compte de mon impuissance. Tout ce que je viens de dire est vrai et est faux. Et pourtant, des soirs et des soirs, en cherchant le sommeil, étendu de tout mon long dans le même lit qu'Armande, je me suis posé la question, je me suis demandé pourquoi elle était là.

Et je me demande maintenant, mon juge, et c'est plus grave, si, après m'avoir lu, il ne vous arrivera pas de vous poser la même question, non plus en ce qui me concerne, mais en ce qui *vous* concerne.

Je l'ai épousée.

Et après ? Le soir même elle dormait dans mon lit. Le soir même j'ai fait l'amour, très mal, pour elle comme pour moi, gêné de me sentir suant — je sue très facilement —, de me sentir gauche et inexpérimenté.

Savez-vous ce qui m'a été le plus difficile ? De l'embrasser sur la bouche. A cause de son sourire. Car elle garde jour et nuit un sourire identique, qui est son expression naturelle. Or, il n'est pas facile d'embrasser un sourire comme celui-là.

Après dix ans, j'avais encore l'impression, quand je montais dessus, comme aurait dit mon père, qu'elle se moquait de moi.

Qu'est-ce que je n'ai pas pensé à son sujet ? Vous ne connaissez pas la maison. Tout le monde vous dira que c'est devenu une des plus agréables demeures de La Roche-sur-Yon. Même nos rares meubles qui sont restés ont pris une figure tellement nouvelle que ma mère et moi les reconnaissons à peine.

Eh bien ! pour moi, cela a toujours été *sa* maison.

On y mange bien, mais c'est *sa* cuisine.

Les amis ? Après un an, je ne les considérais plus comme *mes* amis, mais comme *ses* amis à elle.

Et c'est d'ailleurs *son* parti qu'ils ont pris plus tard, quand les événements se sont produits, tous, y compris ceux que je croyais mes intimes, ceux que j'avais connus étudiants, ceux que j'avais connus gamins.

— Tu as de la veine d'avoir déniché une pareille femme !

Oui, mon juge. Oui, messieurs. Je m'en rends compte humblement. Et c'est parce que je m'en suis rendu compte jour après jour pendant dix ans que...

Allons ! Je déraille à nouveau. Mais j'ai tellement l'impression qu'il suffirait d'un très petit effort pour aller une fois pour toutes jusqu'au fond des choses !

En médecine, c'est surtout le diagnostic qui compte. La maladie dépistée, ce n'est plus qu'une question de routine ou de bistouri. Or c'est bien un diagnostic que je m'acharne à faire.

Je n'ai pas aimé Jeanne et je ne me suis jamais demandé si je l'aimais. Je n'ai aimé aucune des filles avec qui il m'est arrivé de coucher. Je n'en éprouvais pas le besoin, ni le désir. Que dis-je ? Le mot *amour*, sauf dans la locution triviale *faire l'amour*, m'apparaissait comme un mot qu'une sorte de pudeur empêche de prononcer.

Je préférais le mot *vérole* qui dit exactement ce qu'il veut dire.

Est-ce qu'on parle d'amour, à la campagne ?

Chez nous, on dit :

— Je suis allé faire une saillie dans le chemin creux avec la fille Untel...

Mon père aimait bien ma mère, et cependant je suis persuadé qu'il ne lui a jamais parlé d'amour. Quant à maman, je ne la vois pas prononcer certaines phrases sentimentales qu'on entend au cinéma ou qu'on lit dans les romans.

A Armande non plus, je n'ai pas parlé d'amour. Un soir qu'elle dînait à la maison, entre ma mère et moi, on discutait de la couleur des rideaux qu'on achèterait pour la salle à manger. Elle les voyait rouges, d'un rouge bien vif, ce qui effrayait maman.

— Excusez-moi, a-t-elle murmuré avec son sourire. J'en parle comme si j'étais chez moi.

Et je me suis entendu répondre, sans avoir rien prémédité, sans en avoir conscience, comme une banale politesse :

— Il ne tient qu'à vous que vous y soyez.

C'est ainsi que s'est faite la demande en mariage. Il n'y en a jamais eu d'autre.

— Vous plaisantez, Charles.

Ma pauvre maman a appuyé :

— Charles ne plaisante jamais.

— Vous voudriez vraiment que je devienne madame Alavoine ?

— En tout cas — c'est toujours ma mère qui menait le train —, les petites seraient bien contentes.

— Qui sait ?... Vous n'avez pas peur que j'apporte trop de trouble dans votre maison ?

Si maman avait su ! Remarquez qu'Armande s'est toujours montrée gentille envers elle. Elle s'est conduite exactement comme la femme d'un médecin soucieuse du confort, de la tranquillité et de la notoriété de son mari.

Elle fait toujours, invariablement, avec un tact inné — vous avez pu vous en rendre compte au prétoire — ce qu'elle doit faire.

Est-ce que ce n'était pas son premier devoir de me dégrossir, puisqu'elle était plus évoluée que moi et que j'arrivais de la campagne pour faire carrière à la ville ? Ne devait-elle pas affiner mes goûts autant que possible, créer autour de mes filles une ambiance plus délicate que celle à laquelle ma mère et moi étions habitués ?

Tout cela, elle l'a accompli avec un doigté qui n'appartient qu'à elle, avec un tact exquis.

Oh ! Ce mot !...

— Elle est exquise, me suis-je entendu répéter sur tous les tons pendant dix ans. Vous avez une femme exquise.

Et je rentrais chez moi inquiet, avec un tel sentiment de mon infériorité que j'aurais aimé aller manger dans la cuisine avec la bonne.

Quant à maman, mon juge, on l'a vêtue de soie noire ou grise, on l'a vêtue de façon digne et seyante, on lui a même changé sa coiffure — son chignon, autrefois, lui pendait toujours sur la nuque — et on l'a installée dans le salon devant une jolie table à ouvrage.

On lui a défendu, pour sa santé, de descendre avant neuf heures et on lui a monté son petit déjeuner au lit, elle qui, chez nous, nourrissait les bêtes, vaches, poules et cochons, avant de se mettre à table. On lui a offert, aux fêtes et aux anniversaires, des objets de bon goût, y compris des bijoux de vieille dame.

— Tu ne crois pas, Charles, que maman est un peu fatiguée cet été ?

On a essayé, mais cette fois en vain, de l'envoyer faire une cure à Evian, pour soigner son foie qui laisse à désirer.

Et tout cela, mon juge, est très bien. Tout ce qu'a fait, tout ce que fait, que fera Armande est très bien. Comprenez-vous ce que cela a de désespérant ?

Elle ne s'est pas présentée à la barre des témoins en épouse éplorée ou haineuse. Elle ne s'est pas mise en deuil. Elle n'a pas appelé sur moi la vindicte publique, pas plus, d'ailleurs, qu'elle n'a fait appel à la pitié. Elle était simple et calme. Elle était elle-même : sereine.

C'est elle qui a eu l'idée de s'adresser à M\ Gabriel, la plus fameuse « gueule » du Palais, qui est aussi l'avocat le plus cher, elle encore qui a pensé que, puisque j'appartenais en quelque sorte à La Roche-sur-Yon, il serait digne que la Vendée soit représentée par son meilleur avocat.

Elle a répondu aux questions avec un naturel qui

a fait l'admiration de tous, et j'ai cru plusieurs fois qu'une partie de l'auditoire allait l'applaudir.

Souvenez-vous du ton sur lequel, quand on a parlé de mon crime, elle a prononcé :

— Je n'ai rien à dire de cette femme... Je l'ai reçue trois ou quatre fois à la maison, mais je la connaissais peu...

Sans haine, a-t-on eu soin de souligner dans les journaux, presque sans amertume. Et avec quelle dignité !

Tenez, mon juge. Je crois que je viens de trouver le mot sans le vouloir. Armande est *digne*. Elle est la dignité même. Et maintenant, essayez de vous imaginer pendant dix années en tête à tête quotidien avec la Dignité, essayez de vous voir dans un lit avec la Dignité.

J'ai tort. Tout cela est faux, archifaux. Je le sais mais je viens seulement de le découvrir. Il a fallu que je fasse le grand saut. Pourtant, je suis bien obligé de vous expliquer, d'essayer de vous faire comprendre quel a été mon état d'esprit avant, pendant les années de vie conjugale.

Avez-vous jamais rêvé que vous aviez épousé votre maîtresse d'école ? Eh bien ! moi, mon juge, c'est ce qui m'est arrivé. Ma mère et moi, nous avons vécu pendant dix ans à l'école, dans l'attente d'un bon point, dans la peur d'une mauvaise note.

Et maman, elle, y est toujours.

Supposez que vous marchez dans une calme rue de province, par un chaud après-midi d'août. La rue est partagée en deux par la ligne qui sépare l'ombre du soleil.

Vous suivez le trottoir inondé de lumière et votre ombre marche avec vous, presque à vos côtés, vous la voyez, cassée en deux par l'angle que les maisons aux murs blancs font avec le trottoir.

Supposez toujours... Faites un effort... Tout à coup, cette ombre qui vous accompagnait disparaît...

Elle ne change pas de place. Elle ne passe pas derrière vous parce que vous avez changé de direction. Je dis bien : elle disparaît.

Et vous voilà, soudain, sans ombre, dans la rue. Vous vous retournez et vous ne la retrouvez pas. Vous regardez à vos pieds et vos pieds émergent d'une flaque de lumière.

Les maisons, de l'autre côté de la rue, continuent à porter leur ombre fraîche. Deux hommes passent en bavardant paisiblement et leur ombre les précède, épousant leur cadence, faisant exactement les mêmes gestes qu'eux.

Voilà un chien au bord du trottoir. Il a son ombre, lui aussi.

Alors vous vous tâtez. Votre corps, sous vos mains, a sa consistance des autres jours. Vous faites quelques pas rapidement et vous vous arrêtez net, avec l'espoir de retrouver votre ombre. Vous courez. Elle n'y est pas encore. Vous faites demi-tour et il n'y a aucune tache sombre sur les pavés brillants du trottoir.

Le monde est plein d'ombres rassurantes. L'église, sur la place, en couvre à elle seule un espace très vaste où quelques vieux prennent le frais.

Vous ne rêvez pas. Vous n'avez plus d'ombre et voilà que, plein d'angoisse, vous abordez un passant.

— Pardon, monsieur...

Il s'arrête. Il vous regarde. Donc vous existez, bien que vous ayez perdu votre ombre. Il attend de savoir ce que vous lui voulez.

— C'est bien la place du Marché, là-bas ?

Et il vous prend pour un demi-fou, ou pour un étranger.

Vous imaginez-vous l'angoisse d'errer seul, sans ombre, dans un monde où chacun a la sienne ?

Je ne sais pas si je l'ai rêvé ou si je l'ai lu quelque part. Quand j'ai commencé à vous en parler, je croyais inventer une comparaison, puis il m'a semblé que cette angoisse de l'homme sans ombre m'était familière, que je l'avais déjà vécue, que cela ranimait des souvenirs confus, et c'est pourquoi je pense à un rêve oublié.

Pendant des années, je ne sais pas au juste combien, cinq ou six, je pense, j'ai marché dans la ville comme tout le monde. Je crois que, à celui qui m'aurait demandé si j'étais heureux, j'aurais distraitement répondu oui.

Vous voyez que tout ce que je vous ai dit précédemment n'est pas tellement exact. Ma maison s'organisait, devenait petit à petit plus confortable et plus coquette. Mes filles grandissaient, l'aînée faisait sa première communion. J'accroissais ma clientèle, pas une clientèle riche, mais plutôt des petites gens. Cela ne rapporte pas autant par visite, mais les petites gens paient comptant, entrent souvent dans votre cabinet avec dans leur main le prix de la consultation.

J'ai appris à jouer correctement au bridge, et cela m'a occupé pendant des mois. Nous avons acheté une auto, et cela a rempli un autre bout de temps. Je me suis remis au tennis, parce qu'Armande jouait au tennis, ce qui a suffi pour un grand nombre de soirées.

Tout cela, bout à bout, ces petites initiations, ces espoirs d'une amélioration nouvelle, cette attente de menus plaisirs, de petites joies, de satisfactions banales, a fini par meubler cinq ou six ans de ma vie.

— L'été prochain, nous irons en vacances à la mer.

Une autre année, il y a eu les sports d'hiver. Une autre année, encore autre chose.

Quant à l'histoire de l'ombre, elle ne s'est pas produite tout à coup, comme pour mon homme dans la rue. Mais je n'ai pas trouvé d'image plus exacte.

Je ne peux même pas situer la chose à un an près. Mon humeur, en apparence, n'a pas changé, mon appétit n'a pas diminué et j'avais toujours le même goût au travail.

Il y a eu un moment, tout simplement, où j'ai commencé à regarder autour de moi avec d'autres yeux et j'ai vu une ville qui me semblait étrangère, une jolie ville, bien nette, bien claire, bien propre, une ville où tout le monde me saluait avec affabilité.

Pourquoi ai-je eu alors la sensation d'un vide ?

J'ai commencé à regarder aussi ma maison et je me suis demandé pourquoi c'était ma maison, quel rapport ces pièces, ce jardin, cette grille ornée d'une plaque de cuivre qui portait mon nom avaient avec moi.

J'ai regardé Armande et j'ai dû me répéter qu'elle était ma femme.

Pourquoi ?

Et ces deux fillettes qui m'appelaient papa...

Je vous le répète, cela ne s'est pas fait d'un seul coup, car, dans ce cas, j'aurais été très inquiet sur moi-même et je serais allé consulter un confrère.

Qu'est-ce que je faisais là, dans une petite ville paisible, dans une maison jolie et confortable, parmi les gens qui me souriaient et qui me serraient familièrement la main ?

Et qui avait fixé cet emploi des journées que je suivais aussi scrupuleusement que si ma vie en eût dépendu ? Que dis-je ! Comme si, de tout temps, il avait été décidé par le Créateur que cet emploi du temps serait inexorablement le mien !

Nous recevions souvent, deux ou trois fois par semaine. De bons amis, qui avaient leur jour, leurs habitudes, leurs manies, leur fauteuil. Et je les observais avec un certain effroi en me disant : « Qu'est-ce que j'ai à voir avec eux ? »

C'était comme si ma vue était devenue trop nette, comme si, par exemple, elle était devenue soudain sensible aux rayons ultraviolets.

Et j'étais tout seul à voir le monde ainsi, tout seul à m'agiter dans un univers ignorant de ce qui m'arrivait.

En somme, pendant des années et des années, j'avais vécu sans m'en apercevoir. J'avais fait scrupuleusement, de mon mieux, tout ce qu'on m'avait dit de faire. Sans chercher à en connaître la raison. Sans chercher à comprendre.

Il faut à un homme une profession, et maman avait fait de moi un médecin. Il lui faut des enfants, et j'avais des enfants. Il lui faut une maison, une femme, et j'avais tout cela. Il lui faut des distractions, et je roulais en auto, et je jouais au bridge, au tennis. Il faut des vacances, et j'emmenais ma famille à la mer.

Ma famille ! Je la regardais autour de la salle à manger et c'était un peu comme si je ne l'avais pas reconnue. Je regardais mes filles. Tout le monde prétendait qu'elles me ressemblaient.

En quoi ? Pourquoi ?

Et que faisait cette femme dans ma maison, dans mon lit ?

Et ces gens qui attendaient patiemment dans ma salle d'attente et que j'introduisais un à un dans mon cabinet ?...

Pourquoi ?

Je continuais à accomplir les gestes de tous les jours. Je n'étais pas malheureux, ne croyez pas cela. Mais j'avais l'impression de m'agiter à vide.

Alors un désir vague m'a pénétré peu à peu, tellement vague que je ne sais comment en parler. Il me manquait quelque chose et j'ignorais quoi. Il arrive souvent à ma mère, entre les repas, de dire : « Je crois que j'ai une petite faim... »

Elle n'est pas sûre. C'est un malaise diffus qu'elle s'empresse de combattre en mangeant une tartine ou un morceau de fromage.

J'avais faim, moi aussi, sans doute, mais faim de quoi ?

C'est venu si insensiblement qu'à un an, à deux ans près, je le répète, il m'est impossible de situer le début du malaise. Je n'en prenais pas conscience. On nous a tellement habitués à penser que ce qui existe existe, que le monde est bien comme nous le voyons, qu'il faut faire ceci ou cela et ne pas agir autrement...

Je haussais les épaules.

« Bah ! Un peu de découragement... »

Peut-être à cause d'Armande, qui ne me laissait pas assez la bride sur le cou ? J'ai décidé cela un jour, et dès lors c'est Armande, et elle seule, ou à peu près, qui a résumé la ville trop calme, la maison trop harmonieuse, la famille, le travail, tout ce qu'il y avait de trop quotidien dans mon existence.

« C'est elle qui veut qu'il en soit ainsi... »

Elle qui m'empêchait d'être libre, de vivre une vraie vie d'homme. Je l'observais. Je l'épiais. Tout ce qu'elle disait, tous ses gestes me confirmaient dans mon idée.

« C'est elle qui a tenu à ce que la maison fût ce qu'elle est, à ce que notre existence s'organisât de telle façon, à ce que je vécusse à son gré... »

Voilà, mon juge, ce que j'ai compris récemment. Armande, petit à petit, à son insu, a pris à mes yeux la figure du Destin. Et, révolté contre ce Destin, c'est contre elle que je me suis révolté.

« Elle est tellement jalouse qu'elle ne me laisse pas un moment de liberté... »

Etait-ce par jalousie ? Il m'arrive de me le demander. Peut-être simplement parce qu'elle considérait que la place d'une femme est à côté de son mari ?

Je suis allé à Caen vers cette époque, car ma tante venait de mourir. J'y suis allé seul. Je ne sais plus ce qui a retenu Armande à la maison, sans doute une maladie d'une des petites, car il y en avait presque toujours une des deux de malade.

En passant au coin de la petite rue ; je me suis souvenu de la jeune fille au chapeau rouge et j'en ai reçu une bouffée de chaleur. J'ai cru comprendre ce qui me manquait. Dans mes vêtements de deuil, je suis allé le soir à la *Brasserie Chandivert*, que j'ai retrouvée presque la même, avec un peu plus de lumières. Il me semble que la salle est maintenant plus vaste, qu'on l'a encore agrandie vers le fond.

Je cherchais, je voulais la même aventure. Je regardais avec une sorte d'angoisse toutes les femmes seules. Aucune ne ressemblait, même vaguement, à celle de jadis.

Mais tant pis ! J'avais besoin de tromper Armande, de tromper mon Destin le plus salement possible, et j'ai choisi une grosse blonde au sourire vulgaire qui avait une dent en or au milieu de la bouche.

— Tu n'es pas d'ici, hein ?

Elle ne m'a pas invité chez elle, mais dans un petit hôtel derrière l'église Saint-Jean. Elle s'est déshabillée avec des gestes tellement professionnels que j'en étais écœuré, qu'à certain moment j'ai été sur le point de partir.

— Qu'est-ce que tu vas me donner ?

Et puis soudain cela m'a pris. Comme un besoin de vengeance, je ne trouve pas d'autre mot. Elle répétait, étonnée, en découvrant sa dent en or :

— Ben, mon vieux !...

C'est la première fois, mon juge, que j'ai trompé Armande. J'y mettais autant de rage que si j'avais cherché à retrouver mon ombre, coûte que coûte.

5

L'horloge extérieure de la gare, grosse lune rougeâtre en suspens dans le noir, marquait sept heures moins six minutes. Au moment précis où j'ai ouvert la portière du taxi pour descendre, la grande aiguille a avancé d'une minute et je me souviens fort bien de son mouvement saccadé, de la vibration dont elle restait animée comme si, ayant pris trop d'élan, elle avait peine à se contenir. Un train a sifflé, le mien sans doute. J'étais encombré de petits paquets dont les ficelles menaçaient de se défaire ; le chauffeur ne pouvait pas me rendre la monnaie sur le billet que je lui avais tendu. Il pleuvait à torrent, et j'étais obligé, les pieds dans une flaque d'eau, de déboutonner mon pardessus et mon veston pour chercher de menues pièces dans toutes mes poches.

Un autre taxi s'est arrêté devant le mien. Une jeune femme en est descendue, a cherché en vain un porteur — ils ne sont jamais là quand il pleut — et s'est enfin précipitée vers la gare en portant elle-même deux valises qui paraissaient assez lourdes.

Nous devions nous retrouver l'un derrière l'autre, quelques instants plus tard, devant le guichet.

— Une seconde aller simple pour La Roche-sur-Yon...

Plus grand qu'elle, je voyais par-dessus son épaule l'intérieur de son sac à main doublé de soie moirée, un mouchoir, un poudrier, un briquet, des lettres et des clefs. Je n'ai eu qu'à répéter ce qu'elle venait de dire :

— Seconde simple La Roche...

J'ai ramassé tous mes petits paquets. J'ai couru. Un employé m'a ouvert une porte vitrée et, quand je suis arrivé sur le quai, le train partait ; mon chargement saugrenu ne me permettait pas de sauter en marche. Un de mes amis, Deltour, le garagiste, debout à une portière, m'a fait signe. C'est inouï ce que cela paraît long de voir le train qu'on vient de rater. Les wagons n'en finissent pas de longer le quai.

En me retournant, j'ai aperçu, tout près de moi, la jeune femme aux deux valises qui a prononcé :

— Nous l'avons raté.

Au fait, ce sont les premiers mots, mon juge, que Martine m'a adressés. C'est la première fois, en les écrivant, que cela me frappe.

Vous ne trouvez pas que c'est extraordinaire ?

Je n'étais pas trop sûr que c'était à moi qu'elle s'adressait. Elle n'avait pas l'air autrement dépitée.

— Vous savez à quelle heure il y a un autre train, vous ?

— A dix heures douze...

Et je regardais ma montre, ce qui était idiot puisqu'il y avait une grosse horloge lumineuse au milieu du quai.

— Il ne reste qu'à porter les bagages à la consigne en attendant, dit-elle encore sans que je puisse savoir si elle parlait toute seule ou si elle tenait à engager la conversation.

Le quai de la gare était abrité, mais de larges gouttes tombaient de la verrière sur les voies. Une gare ressemble toujours à un tunnel ; seulement, à l'inverse des tunnels, c'est l'intérieur qui est éclairé, avec le noir aux deux bouts et un vent froid qui vous en arrive.

Je l'ai suivie machinalement. Elle ne m'y invitait pas à proprement parler. Je ne pouvais pas l'aider à porter ses valises, car j'étais suffisamment chargé, et c'est moi qui, chemin faisant, ai dû m'arrêter deux fois pour ramasser des paquets avec lesquels j'avais l'air de jongler.

Seul, je n'aurais sans doute pas pensé à la consigne. Je n'y pense jamais. Je dépose plus volontiers mes affaires dans un café ou dans un restaurant que je connais. Je serais sans doute allé dîner au buffet et j'aurais lu les journaux dans mon coin en attendant le train suivant.

— Vous êtes de La Roche-sur-Yon ?

J'ai répondu que oui.

— Vous connaissez M. Boquet ?

— Des Galeries ?

— Oui. Il est propriétaire d'un grand magasin.

— Je le connais. C'est un client.

— Ah !

Elle m'a regardé curieusement et elle devait se demander ce que je vendais. Elle a ouvert à nouveau son sac pour prendre une cigarette et l'allumer. Sa façon de tenir sa cigarette m'a frappé, je suis incapable de dire pourquoi. Elle avait une façon qui n'appartenait qu'à elle de tenir une cigarette. Elle a eu un frisson.

C'était en décembre, mon juge. Il y a un peu moins d'un an. Une semaine avant les fêtes, ce qui explique tous mes petits paquets.

J'étais allé à Nantes pour conduire un malade qui devait être opéré d'urgence. J'avais fait le voyage dans l'ambulance, c'est pourquoi je n'avais pas ma voiture. Gaillard, le chirurgien, m'avait emmené chez lui après l'hôpital et m'avait fait boire de l'alcool de framboise qu'un de ses anciens malades venait de lui envoyer d'Alsace.

— Tu dînes ce soir avec nous. Mais si, mon vieux ! Ma femme est sortie. Si elle ne te trouve pas à la maison quand elle rentrera, elle sera furieuse que je t'aie laissé partir.

Je lui ai expliqué que je devais absolument prendre le train de six heures cinquante-six, que deux malades viendraient me voir le soir même, qu'Armande m'avait chargé de toute une série de commissions.

Cela, c'était fatal. J'ai couru les magasins pendant deux bonnes heures. J'ai perdu je ne sais combien de temps à assortir des boutons qu'elle aurait fort bien pu trouver à La Roche. J'ai acheté quelques babioles pour mes filles. Il pleuvait depuis le matin et, en passant d'un magasin à l'autre, je traversais chaque fois un rideau de hachures brillantes.

Maintenant, je me trouvais dans le hall de la gare à côté d'une femme que je ne connaissais pas, que je n'avais pas encore dévisagée. Il n'y avait que nous deux en face de la consigne, au milieu d'un vaste espace vide. L'employé croyait que nous étions ensemble. Sans ce vide qui nous enveloppait, qui nous donnait un faux air de solidarité, je me serais probablement éloigné en essayant de prendre un air naturel.

Je n'osai pas. Je remarquai qu'elle avait froid, qu'elle portait un petit tailleur sombre très élégant, mais trop léger pour la saison. Elle était coiffée d'un curieux chapeau minuscule, sorte de fleur de satin plantée très en avant sur la tête.

Elle était pâle sous son maquillage. Elle a frissonné à nouveau et elle a dit :

— Je vais boire quelque chose de chaud pour me réchauffer...

— Au buffet ?

— Non. Il n'y aura rien de bon au buffet. Je crois que j'ai aperçu un bar américain pas loin d'ici...

— Vous ne connaissez pas Nantes ?

— J'y suis arrivée ce matin...

— Vous allez pour longtemps à La Roche ?

— Peut-être pour des années, peut-être pour toujours. Cela dépendra de votre ami M. Boquet.

Nous nous étions dirigés vers une des portes dont je lui tins le battant.

— Si vous le permettez...

Elle n'a même pas répondu. Tout naturellement, nous avons traversé la place sous l'ondée, nous garant des voitures, courbant les épaules, pressant le pas.

— Attendez... Je suis arrivée par ici, n'est-ce pas ?... C'est donc à gauche... Tout de suite après un coin de rue... Il y a une enseigne lumineuse verte...

J'aurais pu aller dîner chez mes amis Gaillard, chez vingt autres qui m'en voulaient chaque fois que je passais par Nantes sans leur rendre visite. Je ne connaissais pas le bar vers lequel elle m'entraînait et qui était nouveau : une salle étroite et peu éclairée, aux boiseries sombres, au comptoir flanqué de hauts tabourets. Ce genre d'établissement n'existait pas encore en province au temps de mes études et je ne m'y suis jamais tout à fait habitué.

— Un Rose, barman...

Je bois peu, en général. Et justement j'avais déjà bu chez Gaillard. L'alcool de framboise est traître, car on ne le sent pas passer et il n'en titre pas moins ses soixante degrés. Faute de savoir que commander, j'ai demandé un Rose aussi.

J'aurais préféré, mon juge, ne pas avoir à parler d'elle telle que je l'ai vue ce soir-là, mais alors vous ne comprendriez pas et ma lettre deviendrait inutile. C'est difficile, je vous assure, surtout maintenant.

N'est-ce pas, Martine, que c'est difficile ?

Parce que, voyez-vous, c'était un petit être tellement banal ! Elle était déjà juchée sur un des tabourets et on l'y sentait à l'aise, elle en avait l'habitude, cela faisait partie, avec le décor plus ou moins luxueux, de l'idée qu'elle se faisait de la vie.

La cigarette aussi. La première à peine finie, elle en allumait une autre, qu'elle marquait pareillement de rouge à lèvres, s'adressait au barman en fermant à moitié les yeux à cause de la fumée (j'ai toujours eu horreur des femmes qui fument en faisant des grimaces).

— Pas trop de gin pour moi...

Elle réclamait des olives. Elle grignotait un clou de girofle. Elle venait à peine de refermer son sac qu'elle l'ouvrait à nouveau pour y prendre son poudrier et son bâton de rouge. Je n'ai jamais vu une femme manier un bâton de rouge sans penser malgré moi au sexe d'un chien en chaleur.

J'étais agacé et résigné tout ensemble. Puisque je parle de chiens, j'y reviens pour me faire comprendre. J'aime les gros chiens forts et conscients, tranquillement conscients de leur force. J'ai en horreur les roquets toujours en mouvement qui courent après leur queue et exigent qu'on s'occupe d'eux. Or elle me faisait penser à un de ces petits chiens-là.

Elle vivait pour qu'on la regarde. Elle devait se croire très jolie. Elle le croyait. J'allais oublier qu'elle me l'a déclaré elle-même un peu plus tard.

— Est-ce que votre ami Boquet est le genre d'hommes qui couchent avec leur secrétaire ? Je ne l'ai rencontré qu'une fois par hasard et je n'ai pas eu le temps de lui poser la question...

Je ne sais pas ce que je lui ai répondu. C'était tellement stupide ! Elle n'attendait d'ailleurs pas de réponse. Il n'y avait que ce qu'elle disait qui l'intéressait.

— Je me demande ce que tous les hommes ont à me courir après. Ce n'est pas que je sois belle, car je ne le suis pas. Cela doit tenir à une sorte de charme...

Un charme qui, en tout cas, n'agissait pas sur moi. Nos verres étaient vides et j'ai dû en commander d'autres, à moins que le barman nous ait servis d'office.

Elle était maigre et je n'aime pas les maigres. Elle était très brune et ma préférence va aux femmes blondes. Elle ressemblait enfin à une couverture de journal illustré.

— C'est bien, La Roche ?

Vous voyez le genre de questions !

— Pas mal.

— On s'y ennuie ?

— Si on veut...

Il y avait quelques clients dans la salle, pas beaucoup, des habitués, comme toujours, en province, dans ce genre d'endroits. Et j'ai remarqué que, dans n'importe quelle ville, ils appartiennent au même type physique, s'habillent d'une façon identique, se servent d'un même vocabulaire.

Elle les regardait les uns après les autres et on

sentait bien qu'elle ne pouvait pas vivre sans être remarquée.

— Ce qu'il peut être énervant, ce vieux-là.

— Lequel ?

— Dans le coin gauche. Celui qui porte un complet de sport très clair. D'abord, à son âge, on ne porte pas un costume vert pâle. Surtout à cette heure et à cette saison ! Il y a dix minutes qu'il n'arrête pas de me sourire. S'il continue, j'irai lui demander ce qu'il me veut...

Puis, après quelques instants :

— Sortons ! Je finirais par lui flanquer mon verre à la figure...

Nous sommes sortis et il pleuvait toujours. Comme à Caen le soir du petit chapeau rouge. Mais, au moment même, je n'ai pas une seule fois pensé à Caen.

— Nous ferions peut-être mieux d'aller dîner, a-t-elle dit.

Un taxi passait. Je l'ai arrêté et nous nous sommes trouvés tous les deux dans l'ombre humide, sur la banquette du fond. J'ai noté tout à coup que c'était la première fois que j'étais ainsi dans un taxi, le soir, avec une inconnue. Je voyais vaguement la tache laiteuse de son visage, la pointe rouge de sa cigarette, les deux fuseaux de ses jambes gainées de soie claire. Je sentais l'odeur de sa cigarette, de ses vêtements et de ses cheveux mouillés.

Si émotion il y a eu — et c'est bien vague — c'est à cause de cette odeur de cheveux mouillés.

— Je ne sais pas si nous aurons de la place à cette heure-ci, mais c'est chez Francis que nous avons la chance de manger le mieux.

Un des meilleurs restaurants de France. Il y a trois étages de petits salons tranquilles, sans luxe inutile, où maîtres d'hôtel et sommeliers ont tous l'air d'ancêtres, car tous appartiennent à la maison depuis sa fondation.

Nous avons obtenu une table à l'entresol, près d'une fenêtre en demi-lune par laquelle nous voyions les parapluies défiler à nos pieds. C'était assez curieux, d'ailleurs.

— Une bouteille de muscadet pour commencer, docteur ? a proposé Joseph, qui me connaît depuis longtemps.

Et elle :

— Vous êtes médecin. C'est pour cela que vous me disiez que M. Boquet est votre client ?

On ne va pas chez Francis pour se nourrir, mais pour faire un dîner fin. Avec le chevreuil aux morilles, il a fallu prendre un vieux bourgogne. Puis on nous a servi la fine maison dans des verres à dégustation. Elle parlait sans répit, elle parlait d'elle, des gens qu'elle connaissait et qui, comme par hasard, étaient tous des personnages importants.

« Quand j'étais à Genève... L'an dernier, au *Negresco*, à Nice... »

Je connaissais son prénom, Martine. Je savais ainsi qu'elle avait rencontré Raoul Boquet par hasard, dans un bar, à Paris — Raoul est un pilier de bars — et qu'à une heure du matin il l'avait engagée comme secrétaire.

— L'idée de vivre dans une petite ville de province m'a séduite... Le croyez-vous ?... Comprenez-vous ça ?... Quant à votre ami, je l'ai prévenu que je ne coucherais pas avec lui...

A trois heures du matin, mon juge, c'est moi qui couchais avec elle, furieusement, si furieusement qu'elle ne pouvait s'empêcher, parfois, de me lancer à la dérobée un regard où il n'y avait pas seulement de la curiosité et de l'étonnement, mais un véritable effroi.

Je ne sais ce qui m'est arrivé. Jamais je ne m'étais déchaîné de la sorte.

Vous venez de voir combien bêtement nous avions fait connaissance. Et le reste s'est passé plus bêtement encore.

Il y a eu, certainement, un moment, peut être plusieurs, où j'ai été ivre. Par exemple, je ne retrouve qu'un souvenir confus de notre départ de chez Francis. Auparavant, sous prétexte que c'était là que j'avais fêté autrefois mon doctorat, j'ai exigé — en parlant beaucoup trop fort et en gesticulant —

que le vieux Francis vienne en personne trinquer avec nous. Puis je me suis emparé d'une chaise pareille à toutes les chaises de la maison et je voulais à toute force la reconnaître pour la chaise sur laquelle j'étais assis ce fameux soir.

— Je vous dis que c'est celle-ci et, la preuve, c'est qu'il y a une entaille sur le deuxième barreau... Gaillard en était... Sacré Gaillard !... Il va m'en vouloir, car j'aurais dû dîner chez lui ce soir... Vous ne lui direz pas que j'étais ici, Francis ?... Parole d'honneur ?

Nous avons marché. C'est moi qui ai exigé de déambuler sous la pluie. Les rues étaient presque désertes, avec des flaques d'eau, des flaques de lumière, des grosses gouttes qui tombaient des corniches et des balcons.

Elle marchait mal, à cause de ses talons très hauts, et elle se raccrochait à mon bras ; de temps en temps, elle s'arrêtait pour remettre son soulier qui lui sortait du pied.

— Je ne sais pas s'il existe encore, mais il y avait un petit bistrot dans ce quartier, tenu par une très grosse femme... Ce n'est pas loin d'ici...

Je m'obstinais à le retrouver. Nous pataugions dans le mouillé qui faisait flac. Et quand nous sommes entrés enfin, les épaules luisantes de pluie, dans un petit café qui était peut-être celui que je cherchais, mais qui en était peut-être un autre, l'horloge-réclame, au-dessus du comptoir de zinc, marquait dix heures et quart.

— Elle marche ?

— Elle retarde de cinq minutes.

Alors, nous nous sommes regardés puis, après un instant, nous avons éclaté de rire tous les deux.

— Qu'est-ce que tu vas raconter à Armande ?

J'avais dû lui parler d'Armande. Je ne sais ce que j'ai pu lui dire exactement, mais j'ai vaguement conscience d'avoir fait de l'esprit à son sujet.

Au fait, c'est dans ce petit café, où il n'y avait pas une âme, où un chat était couché sur une chaise, près d'un gros poêle en fonte, c'est dans ce petit café, dis-je, que je me suis rendu compte que nous nous tutoyions.

Elle a annoncé, comme elle aurait annoncé une distraction de choix :

— Il faut que nous téléphonions à Armande... Vous avez le téléphone, madame ?

— Dans le corridor, à gauche...

Un corridor étroit, aux murs peints en vert acide, qui conduisait aux cabinets et qui était imprégné de leur odeur. L'appareil était au mur. Il y avait un second récepteur et Martine s'en était emparée. Nous nous touchions ou plus exactement nos vêtements mouillés se touchaient et nos haleines sentaient le calvados que nous venions de boire au comptoir.

— Allô ! le 12-51, s'il vous plaît, mademoiselle... Il y a beaucoup d'attente ?...

On nous répondait de rester à l'appareil. Je ne sais pourquoi nous riions, mais je me souviens que j'étais obligé de tenir la main sur le micro. Nous entendions les opératrices s'appeler l'une l'autre.

— Passe-moi le 12-51, mon petit... Est-ce qu'il pleut autant chez vous qu'ici ?... A quelle heure as-tu fini ?... Allô !... Le 12-51 ?... Un instant, madame... On vous parle de Nantes... Allô ! Nantes... Vous avez le 12-51...

Et tout cela nous amusait, Dieu sait pourquoi, tout cela nous paraissait d'une gaieté folle.

— Allô ! C'est toi, Armande ?

— Charles ?... Tu es toujours à Nantes ?

Martine me poussait du coude.

— Figure-toi qu'il y a eu quelques complications... Il fallait que je retourne ce soir à l'hôpital voir mon malade...

— Tu as dîné chez Gaillard ?

— C'est-à-dire...

Martine était tout contre mon flanc. J'avais peur de la voir pouffer de rire. Je n'étais pas très fier de moi quand même.

— Non... Je ne voulais pas les déranger... J'avais des courses à faire...

— Tu as trouvé mes boutons ?

— Oui... Et les jouets pour les petites...

— Tu es chez Gaillard en moment ?

— Non... Je suis encore en ville... Je viens de quitter l'hôpital...

— Tu couches chez eux ?

— Je me le demande, vois-tu... j'aime presque autant aller à l'hôtel... Je suis fatigué et, si je les vois, ce sera encore un coup d'une heure du matin...

Un silence. Tout cela, évidemment, ne semblait pas naturel à ma femme. J'ai avalé péniblement ma salive quand elle a prononcé :

— Tu es seul ?

— Oui...

— Tu téléphones d'un café ?

— Je me rends à l'hôtel...

— *Au Duc de Bretagne ?*

— Probablement. S'il y a de la place.

— Qu'as-tu fait des paquets ?

Que dire ? Que répondre ?

— Je les ai avec moi...

— Essaie de ne rien perdre... A propos, Mme Gringuois est venue ce soir... Il paraît que tu lui avais donné rendez-vous à neuf heures... Elle souffre toujours et elle voulait absolument t'attendre...

— Je la verrai demain matin...

— Tu prends le premier train ?

Est-ce que je pouvais faire autrement ? Le train de six heures trente-deux, dans l'obscurité, dans le froid, dans la pluie ! Et il arrivait souvent, je le savais, que les wagons ne fussent pas chauffés.

— A demain...

J'ai répété :

— A demain...

Je n'avais pas eu le temps de raccrocher que Martine s'écriait :

— Elle ne t'a pas cru... C'est l'histoire des paquets qui l'a fait tiquer...

Nous avons bu un autre calvados au comptoir et nous nous sommes à nouveau enfoncés dans l'humidité noire des rues. C'était la période gaie. Tout nous faisait rire. Nous nous moquions des rares passants. Nous nous moquions d'Armande, de ma cliente, Mme Gringuois, dont j'avais dû raconter l'histoire.

De la musique qui sourdait d'une façade éclairée au néon nous a attirés, et nous nous sommes trouvés dans une boîte de nuit étroite et toute rouge. Les lumières étaient rouges, rouge le velours des banquettes, roses les murs sur lesquels étaient peintes des nudités, rouges enfin les smokings défraîchis d'un orchestre de cinq musiciens.

Martine voulait danser et j'ai dansé avec elle. C'est alors que j'ai vu sa nuque de tout près, une nuque très blanche, la peau si fine qu'on voyait le bleu des veines, avec des petits cheveux mouillés qui frisaient.

Pourquoi cette nuque m'a-t-elle ému ? C'était en quelque sorte la première chose humaine que je découvrais en elle. Cela n'avait plus aucun rapport avec une couverture de magazine, avec une jeune femme qui se croit élégante. C'était une nuque de jeune fille pas bien portante, et je me suis mis, en dansant, à la frôler de mes lèvres.

Quand nous nous sommes assis à notre place, j'ai regardé son visage avec d'autres yeux. Elle avait les paupières cernées. Le rouge artificiel ne dessinait plus qu'imparfaitement ses lèvres. Elle était fatiguée, mais elle ne voulait pas abandonner la partie, elle voulait coûte que coûte continuer à s'amuser.

— Demande-leur s'ils ont du whisky...

Nous en avons bu. Elle est allée, d'une démarche imprécise, trouver les musiciens pour leur demander un morceau quelconque que je ne connaissais pas, et je la voyais gesticuler.

A un autre moment, elle a gagné les lavabos. Elle est restée très longtemps absente. Je me demandais si elle était malade. Je n'osais pas aller voir.

Je me rendais compte, maintenant, que c'était une femme et rien d'autre, une jeune fille de vingt-cinq ans sans doute, qui crânait. Elle n'est revenue qu'un quart d'heure plus tard. Un instant, comme elle entrait dans la salle, j'ai vu son visage sans contrainte, et il était las, buriné, puis tout de suite

elle s'est remise à sourire. A peine assise, elle a
allumé une cigarette, elle a vidé son verre, non sans
un haut-le-cœur qu'elle essayait de me cacher.

— Cela ne va pas ?

— Cela va mieux... C'est passé, maintenant... Je
n'ai plus l'habitude de pareils repas... Commande à
boire, veux-tu ?

Elle était nerveuse, crispée.

— Les dernières semaines, à Paris, ont été
dures... J'avais quitté ma place, bêtement...

Elle était allée vomir son dîner. Elle buvait à nouveau. Elle voulait danser encore. Et, à mesure
qu'elle dansait, son corps se serrait davantage
contre le mien.

Il y avait dans son excitation quelque chose de
triste, de forcé, qui n'était pas sans m'émouvoir. Je
sentais le désir qui s'emparait d'elle petit à petit et
c'était une sorte de désir que je n'avais jamais rencontré.

Elle s'excitait toute seule, mon juge, comprenez-
vous ? Ce n'était pas moi, ce n'était même pas
l'homme qui comptait. J'ai compris plus tard. A ce
moment-là, j'étais troublé, dérouté. Son désir, malgré ma présence, était un désir solitaire.

Et son excitation sexuelle était une excitation
laborieuse. Elle s'y raccrochait comme pour échapper à un vide.

En même temps, tout paradoxal que cela
paraisse, elle en était humiliée, elle en souffrait.

A un certain moment, tenez, comme nous
venions de nous rasseoir et que l'orchestre jouait
une musique obsédante qu'elle avait demandée, il
lui est arrivé d'enfoncer soudain ses ongles dans ma
cuisse.

Nous avons beaucoup bu, je ne sais plus combien
de verres. A la fin, nous étions les seuls clients dans
le cabaret et le personnel attendait notre départ
pour fermer. On a fini par nous mettre poliment à la
porte.

Il était passé deux heures du matin. Cela
m'ennuyait d'aller avec ma compagne au *Duc de*

Bretagne, où l'on me connaissait et où il m'était arrivé de descendre avec Armande et mes filles.

— Tu es sûr qu'il n'y a plus rien d'ouvert ?

— A part quelques petits bouis-bouis, sur le port.

— Allons-y...

Nous avons pris un taxi, qu'il nous a fallu chercher longtemps. Et dans l'ombre de l'auto, cette fois, elle a collé brusquement ses lèvres aux miennes, dans une sorte de spasme de tendresse, sans amour. Elle ne repoussait pas ma main que j'avais posée sur sa hanche, et je la sentais toute maigre, toute brûlante sous ses vêtements mouillés.

Il nous est arrivé ce qui arrive toujours en pareil cas. La plupart des petites boîtes que nous cherchions étaient fermées, ou fermaient justement à notre arrivée. Nous sommes entrés dans un bal populaire à l'éclairage sinistre, et j'ai vu les narines de Martine qui frémissaient parce que tous les hommes la regardaient et qu'elle se figurait sans doute qu'il y avait du danger.

— Tu danses ?

Elle les défiait du regard, de ses lèvres entrouvertes, ses cuisses se collaient aux miennes d'autant plus étroitement qu'elle s'imaginait sentir leur désir.

On nous servit du mauvais alcool qui nous écœurait. J'avais hâte de m'en aller. Je n'osais pas trop insister, parce que je savais ce qu'elle aurait pensé.

En fin de compte, nous sommes entrés dans un hôtel de second ordre, un hôtel moyen, plus exactement, banalement terne, où il y avait encore de la lumière et où le gardien de nuit, tripotant les clefs du tableau, a murmuré :

— Une chambre à deux lits ?

Elle n'a rien dit. Moi non plus. J'ai seulement recommandé qu'on nous éveille à six heures moins le quart. Je n'avais pas de bagages. Ceux de Martine étaient à la consigne de la gare et nous n'avions pas pris la peine d'aller les chercher.

La porte refermée, elle m'a dit :

— Nous coucherons chacun dans un lit, n'est-ce pas ?

J'ai promis. J'y étais fermement décidé. Il y avait une toute petite salle de bains dans laquelle elle est entrée la première en me recommandant :

— Couchez-vous toujours...

En l'entendant aller et venir, ouvrir et fermer les robinets, j'ai eu soudain, mon juge, une étrange sensation d'intimité. Une sensation d'intimité, vous le croirez si vous le pouvez, que je n'ai jamais eue avec Armande.

Je me demande si j'étais encore soûl. Je ne le crois pas. Je me suis déshabillé et je me suis glissé sous les draps. Comme elle tardait à venir et que je pensais qu'elle était peut-être encore malade, j'ai demandé à voix haute :

— Ça va ?

— Ça va, a-t-elle répondu. Vous êtes couché ?

— Oui...

— Je viens...

J'avais éteint les lumières de la chambre, par discrétion. De sorte que, quand elle a ouvert la porte de la salle de bains, elle n'était éclairée que de dos.

Elle m'a paru plus petite, plus maigre encore. Elle était nue et elle tenait une serviette devant elle, sans ostentation, je dois le reconnaître, avec même beaucoup de simplicité.

Elle s'est retournée pour éteindre, et j'ai vu son dos nu, avec la colonne vertébrale qui saillait, la taille très étroite, les hanches, par contre, beaucoup plus fortes que je n'avais imaginé. Cela n'a duré que quelques secondes. C'est une image qui ne m'a jamais quitté. J'ai pensé, ou à peu près :

« Une pauvre petite fille... »

Je l'entendais qui tâtonnait dans l'obscurité pour trouver son lit et s'y coucher. Elle a murmuré gentiment :

— Bonne nuit...

Puis elle a remarqué :

— Il est vrai que nous n'avons pas grand temps à dormir. Quelle heure est-il ?

— Je ne sais pas... Attendez que j'allume...

Je n'avais que mon bras nu à étendre. Ma montre était sur la table de nuit.

— Trois heures et demie...

Je voyais des cheveux épars sur le blanc cru de l'oreiller. Je voyais la forme de son corps couché en chien de fusil. J'ai même remarqué, en dépit des couvertures, que, comme beaucoup de petites filles, elle dormait avec les mains jointes entre ses cuisses, au plus chaud de son intimité. J'ai répété :

— Bonne nuit...

— Bonne nuit...

J'ai éteint et nous ne dormions pas. Deux ou trois fois en l'espace d'un quart d'heure, elle s'est retournée tout d'une pièce en soupirant.

Je n'ai rien prémédité, mon juge, cela, je vous le jure. A certain moment même, j'ai cru que j'allais trouver le sommeil, je commençais à m'assoupir.

Et c'est alors, justement, que je me suis levé d'un bond et que je me suis dirigé vers le lit voisin. Mon visage, mes lèvres ont cherché les cheveux sombres et j'ai balbutié :

— Martine...

Peut-être que son premier mouvement a été pour me repousser ! Nous ne pouvions pas nous voir. Nous étions aveugles, tous les deux.

J'ai rejeté la couverture. Comme dans un rêve, sans réfléchir, sans penser, sans savoir au juste ce que je faisais, d'un geste irrésistible, je l'ai pénétrée, d'un seul coup.

Au même instant, j'ai eu l'impression d'une révélation, il m'a semblé que, pour la première fois de ma vie, je possédais une femme.

Je l'ai aimée furieusement, je vous l'ai dit. J'ai aimé tout son corps à la fois, dont je sentais les moindres frémissements. Nos bouches n'en faisaient qu'une et je mettais une sorte de rage à vouloir m'assimiler cette chair qui, un peu plus tôt, m'était presque indifférente.

Je retrouvais, en plus violent, ses frémissements du cabaret éclairé en rouge. Je participais presque à sa mystérieuse angoisse que j'essayais de comprendre.

Si nous étions en tête à tête, mon juge, j'aimerais vous donner des détails, à vous seul, et je n'aurais pas l'impression d'une profanation. Par écrit j'aurais l'air de me complaire à évoquer des images plus ou moins érotiques.

J'en suis si loin ! Avez-vous jamais eu la sensation que vous étiez sur le point d'atteindre à quelque chose de surhumain ?

Cette sensation, je l'avais, cette nuit-là. Il me semblait qu'il ne tenait qu'à moi de crever, je ne sais quel plafond, de bondir soudain dans des espaces inconnus.

Et cette angoisse qui montait, chez elle... Cette angoisse que, même médecin, je ne m'expliquais pas autrement que par un désir similaire au mien...

Je suis un homme prudent, ce qu'on appelle un homme honnête. J'ai une femme et des enfants. S'il m'est arrivé de chercher l'amour ou le plaisir ailleurs que chez moi, jamais, jusque-là, je n'avais risqué quoi que ce fût qui pût compliquer mon existence familiale. Vous me comprenez, n'est-ce pas ?

Or, avec cette femme que je ne connaissais pas quelques heures plus tôt, je me comportais, malgré moi, en amant complet, je me comportais en bête.

Ma main, soudain, parce que je ne comprenais plus, a cherché la poire électrique. Je l'ai vue dans la lumière jaune et je ne sais si elle s'est rendu compte que son visage était désormais éclairé.

Il y avait dans tout son être, mon juge, dans ses yeux fixes, dans sa bouche ouverte, dans ses narines pincées, une angoisse intolérable, en même temps, essayez de bien me comprendre, qu'une volonté non moins désespérée d'y échapper, de crever la bulle, de crever le plafond à son tour, d'être délivrée, en un mot.

J'ai vu monter cette angoisse jusqu'à un tel paroxysme que ma conscience de médecin s'en effrayait et que je me suis senti soulagé quand soudain, après une dernière tension de tous ses nerfs, elle est retombée comme vide, découragée, son cœur battant si fort sous son petit sein que je n'avais pas besoin de la toucher pour en compter les palpitations.

Je l'ai fait, pourtant. Manie de toubib. Crainte,

peut-être, des responsabilités ? Son cœur battait à cent quarante, ses lèvres sans couleur étaient entrouvertes sur des dents blanches, de la blancheur des dents de morte.

Elle a balbutié quelque chose comme :

— Je ne peux pas...

Et elle a essayé de sourire. Elle a saisi ma grosse main. Elle s'y est raccrochée.

Nous sommes restés longtemps ainsi, dans le silence de l'hôtel, à attendre que ses pulsations redeviennent à peu près normales.

— Donne-moi un verre d'eau...

Elle n'a pas pensé à se recouvrir et vous ne pouvez savoir à quel point je lui en suis reconnaissant. Tandis que je lui tendais le verre en lui soutenant la tête, j'ai vu, sur son ventre, une couture encore fraîche, une cicatrice d'un vilain rose qui le traversait verticalement.

Voyez-vous, cette cicatrice-là, pour moi, médecin, c'était un peu ce qu'est pour vous, juge, un extrait de casier judiciaire.

Elle n'essayait pas de me la cacher. Elle balbutiait :

— Mon Dieu, que je suis donc fatiguée...

Et deux grosses larmes brûlantes me jaillissaient des paupières.

6

Sont-ce là des choses que je pouvais raconter au tribunal, que je pouvais vous dire dans le silence de votre cabinet en présence de votre greffier roux et de Me Gabriel, pour qui la vie est si simple ?

Je ne sais pas si je l'ai aimée dès cette nuit-là, mais, ce dont je suis sûr, c'est que, quand nous avons pris, un peu avant sept heures du matin, un train poisseux d'humidité froide, je ne pouvais déjà plus envisager la perspective d'une vie sans elle, c'est que cette femme qui était en face de moi, pâle et chiffonnée dans la méchante lumière du compartiment, près de la vitre où coulaient des gouttes plus claires que la nuit, c'est que cette inconnue, au chapeau rendu ridicule par la pluie de la veille, m'était plus proche qu'aucun être humain ne l'avait jamais été.

Il est difficile d'être plus vides que nous n'étions l'un et l'autre et nous devions faire sur les gens l'effet de deux fantômes. Quand le veilleur de nuit, par exemple, le même qui nous avait accueillis, est venu pour nous réveiller, il a trouvé de la lumière sous la porte, car notre lampe de chevet ne s'était plus éteinte depuis le moment où je l'avais allumée à tâtons. Martine était dans son bain. J'ai ouvert, en pantalon, le torse nu, les cheveux hirsutes, pour demander :

— Il n'y a pas moyen d'avoir deux tasses de café ?

Lui aussi, au fait, avait l'air d'un fantôme.

— Malheureusement pas avant sept heures du matin, monsieur.

— Vous ne pouvez pas nous en préparer ?

— Je n'ai pas les clefs. Je vous demande bien pardon.

— Est-ce qu'il n'a pas eu un peu peur de moi ? Dehors, nous n'avons pas trouvé de taxi. Martine se cramponnait à mon bras, et j'étais probablement aussi flou qu'elle dans le crachin glacé. C'est encore une chance que nos pérégrinations nocturnes nous aient ramenés non loin de la gare.

— Le buffet sera peut-être ouvert ?

Il l'était. On servait aux matineux, dans de grands bols blêmes, du café noir ou du café au lait. Rien que la vue de ces bols me donna le haut-le-cœur, Martine s'est obstinée à boire et, l'instant d'après, sur le quai, sans avoir le temps de courir aux toilettes, elle était obligée de recracher son café.

Nous ne parlions pas. Nous attendions avec appréhension l'effet des cahots du train sur nos tempes douloureuses, sur toute notre chair malade. Comme beaucoup de trains du matin, sur les petites lignes, celui-ci exécuta je ne sais combien de manœuvres avant de partir, nous martelant chaque fois le crâne de coups violents.

Elle a souri, pourtant, en me regardant, alors que nous franchissions le pont de la Loire. Mes petits paquets étaient éparpillés sur la banquette autour de moi. Il n'y avait que nous deux dans le compartiment. Je tenais à la bouche, avec une mine sans doute dégoûtée, une pipe que j'avais été obligé de laisser s'éteindre.

Elle a murmuré :

— Je me demande ce qu'Armande va dire...

Cela m'a à peine choqué. Un tout petit peu, pourtant. Mais n'était-ce pas moi qui avais commencé ?

— Et toi, il y a quelqu'un qui t'attend ?

— M. Boquet m'a promis de me trouver un appartement meublé où je puisse faire ma cuisine...

— Tu as couché avec lui ?

C'est effarant, mon juge. Il n'y avait pas tout à fait douze heures que je la connaissais. La même horloge rougeâtre qui nous avait vus nous rencontrer était encore là, derrière nous, dominant un faisceau de rails, et sa petite aiguille n'avait pas fait le tour complet du cadran. Cette femme à la mine fripée, je savais, de par sa cicatrice, non seulement qu'elle avait eu des amants, mais qu'elle avait été salement touchée.

N'empêche que soudain, alors que je posais cette question-là, j'ai souffert d'une contraction épouvantable dans la poitrine ; je suis resté comme en suspens. Je n'avais encore rien connu de pareil, mais cela m'est arrivé assez souvent par la suite pour que, depuis, je ressente une pitié fraternelle à l'égard de tous les angineux.

— Je t'ai dit que je n'avais même pas eu le temps de lui parler de ça...

J'avais cru à certain moment qu'une fois dans le train, en terrain neutre, nous reprendrions peut-être le « vous » en même temps que notre personnalité propre, mais, à mon étonnement, le « tu » continuait à nous paraître naturel.

— Si tu savais comme j'ai fait drôlement sa connaissance...

— Il était ivre ?

Si j'ai demandé cela tout de suite, c'est que je connais Raoul Boquet. Je vous ai décrit le bar américain de Nantes. Nous en avons un aussi, à La Roche-sur-Yon, depuis peu. Je n'y ai mis les pieds qu'une fois ou deux, par hasard. On y trouve surtout quelques snobs qui estiment les cafés de la ville vieux jeu, qui vont là pour se montrer, qui se perchent sur les hauts tabourets et surveillent la confection des cocktails du même air que Martine le faisait la veille. On y voit quelques femmes aussi, non des prostituées, mais plutôt des bourgeoises qui veulent se donner un genre moderne.

Boquet, c'est autre chose. Il a mon âge, peut-être un an ou deux de moins. C'est son père qui a fondé les Galeries et il en a hérité avec son frère Louis et sa sœur, voilà cinq ans.

Raoul Boquet boit pour boire, est grossier pour être grossier, parce qu'il s'emmerde, comme il dit, parce que tout l'emmerde et qu'il emmerde tout le monde. Sa femme l'emmerde et il arrive à Raoul de rester des quatre ou cinq jours sans rentrer chez lui. Sorti pour une heure, sans pardessus, on le retrouve deux jours plus tard à La Rochelle ou à Bordeaux avec toute une bande qu'il a racolée n'importe où.

Ses affaires l'emmerdent aussi, sauf par crises : alors on le voit presque sobre pendant quinze jours ou trois semaines, et il commence à bouleverser l'organisation du magasin.

Il conduit sa voiture comme un fou. Exprès. Passé minuit, il monte sur les trottoirs pour effrayer un brave homme qui rentre chez lui. Il a eu je ne sais combien d'accidents. On lui a retiré deux fois son permis de conduire.

Je le connaissais mieux que quiconque, moi qui le soignais, et voilà qu'il entrait dans ma vie à un tout autre titre et que j'en étais réduit à avoir peur de lui.

— Il boit beaucoup, n'est-ce pas ? J'ai pensé tout de suite que cela l'intéresse plus que les femmes...

Sauf celles des maisons à gros numéro où, périodiquement, il va faire de l'esclandre.

— J'étais avec une amie dans un bar de la rue Washington, à Paris... Tu connais peut-être ?... A gauche, près des Champs-Elysées... Il avait bu et parlait à voix très haute à son voisin, peut-être un ami, peut-être quelqu'un qu'il ne connaissait pas.

Les mots coulaient, monotones, comme des gouttes d'eau sur les vitres des portières.

— Tu comprends, disait-il, c'est mon beau-frère qui m'emmerde. C'est un faux jeton, mon beau-frère, mais, le malheur, c'est qu'il doit avoir une belle q..., car ma garce de sœur ne peut pas s'en passer et ne voit que par ses yeux... Avant-hier encore, il a profité de ce que je n'étais pas là pour flanquer ma secrétaire à la porte sous je ne sais quel prétexte... Dès qu'il voit qu'une secrétaire m'est dévouée, il la liquide, ou il s'arrange pour la faire passer de son bord, ce qui lui est facile, car elles sont toutes du pays...

» Est-ce que les Galeries appartiennent aux Boquet, oui ou non ? Est-ce qu'il en est un, lui qui s'appelle Machoul ? Parfaitement, barman, Machoul, sauf votre respect... Mon beau-frère s'appelle Machoul, et son plus cher désir, le vœu de tous ses instants, est de me foutre à la porte à mon tour...

» Tiens, mon vieux, ma prochaine secrétaire, c'est à Paris que je la prendrai, une fille qui ne connaisse pas Oscar Machoul et qui ne se laisse pas impressionner par lui...

Le ciel devenait moins sombre. Des fermes sortaient vaguement de l'ombre, avec de la lumière dans les étables, dans la grisaille des campagnes plates.

Martine racontait toujours, sans se presser.

— J'étais à bout, tu sais. Je buvais des cocktails avec mon amie parce qu'elle me les offrait, mais il y avait huit jours que je vivais de croissants et de cafés crème. Tout à coup, je me suis avancée vers lui et j'ai dit :

» — Si vous voulez une secrétaire qui ne connaisse pas Machoul, prenez-moi...

J'ai compris bien des choses, allez, mon juge. Et d'abord, comme je connaissais mon Boquet, j'ai imaginé la scène. Il a dû lui parler le plus crûment possible, par principe.

— T'es à la côte ?

Et sans doute lui a-t-il demandé, avec un faux air innocent, si elle avait travaillé jusqu'alors dans un bureau ou en maison.

— Amène-toi toujours à La Roche. On essayera.

Il l'a fait boire, c'est certain. Une des raisons qui m'empêchent de pénétrer dans le bar où il tient ses assises, c'est qu'il devient furieux si on a le malheur de refuser de boire avec lui.

Elle est venue quand même à La Roche, mon juge. Elle a entrepris le voyage, avec ses deux valises, vers une petite ville qui lui était inconnue.

— Pourquoi es-tu passée par Nantes et t'y es-tu arrêtée ?

— Parce que j'ai à Nantes une amie qui travaille au consulat de Belgique. Il me restait juste assez d'argent pour payer mon billet de chemin de fer et je ne voulais pas en demander à mon patron dès mon arrivée à La Roche.

Notre train s'arrêtait dans toutes les petites gares. A chaque coup de frein, nous sursautions ensemble et nous attendions avec une égale angoisse les cahots de la mise en marche. Les vitres pâlissaient. Des hommes criaient les noms des localités, couraient, ouvraient et refermaient les portières, entassaient les sacs postaux et les colis de messagerie sur des chariots.

Drôle d'atmosphère, mon juge, pour lui dire d'un ton honteux, après je ne sais combien de kilomètres d'hésitation :

— Tu ne coucheras pas avec lui ?

— Mais non.

— Même s'il te le demande ? Même s'il l'exige ?

— Mais non.

— Ni avec lui, ni avec personne ?

— Promis, me répondait-elle en souriant.

A nouveau cette angoisse qu'ont si souvent essayé de me décrire mes malades atteints d'angine de poitrine. On croit mourir. On sent la mort tout près, on est comme suspendu à un fil de la vie. Et pourtant je n'ai pas d'angine de poitrine.

— Ni avec lui, ni avec personne ?

Nous n'avons pas parlé d'amour. Nous n'en parlions pas encore. Nous étions deux chiens mouillés et harassés dans la grisaille d'un compartiment de seconde classe, à sept heures et demie du matin, en décembre, alors que le jour, faute de soleil possible, tardait à se lever.

Pourtant, je l'ai crue et elle m'a cru.

Nous ne nous tenions pas l'un près de l'autre, mais face à face, car nous avions besoin de faire attention à nos moindres mouvements pour éviter le mal au cœur et, à chaque heurt, nous entendions des coups de cloche sous notre crâne.

Nous nous regardions comme si nous nous connaissions depuis toujours. Sans coquetterie, Dieu merci ! Ce n'est qu'un peu avant d'arriver à La Roche et en voyant que je rassemblais mes paquets qu'elle s'est mis de la poudre et du rouge à lèvres, puis qu'elle a essayé d'allumer une cigarette.

Ce n'était pas à mon intention, mon juge. Pour moi, elle savait qu'elle n'avait plus besoin de tout cela. Pour les autres ? Je me le demande. Par habitude, plus probablement. Ou plutôt pour ne plus se sentir aussi nue, car nous nous sentions tous les deux presque aussi nus que dans la chambre d'hôtel.

— Ecoute. Il est trop tôt pour téléphoner à Boquet et les Galeries n'ouvrent qu'à neuf heures. Je vais te déposer à l'*Hôtel de l'Europe*. Il est préférable que tu dormes quelques heures...

Elle avait visiblement envie de poser une question qu'elle hésitait à poser depuis un moment et moi, je ne sais pourquoi, je voulais l'éviter, j'en avais peur. Elle m'a regardé, résignée, *obéissante*, vous entendez, juge, obéissante, et elle a laissé tomber simplement :

— Bien.

— Je te téléphonerai avant midi, ou je passerai te voir... Attends... Non... je ne pourrai pas passer te voir parce que c'est le moment de ma consultation... Viens chez moi... On peut toujours entrer chez un médecin.

— Mais Armande ?

— Tu entreras par le salon d'attente, comme une malade...

C'est ridicule, n'est-ce pas ? Mais j'avais si peur de la perdre ! Je ne voulais à aucun prix qu'elle vît Boquet avant moi. Je ne voulais déjà plus qu'elle vît personne. Je ne le savais pas encore moi-même. Je lui traçai, au dos d'une vieille enveloppe, le plan d'une partie de la ville, le chemin de l'*Hôtel de l'Europe* à ma maison.

A la gare, j'ai appelé un porteur que je connaissais et j'étais soudain très fier d'être connu.

— Trouve-nous un bon taxi, Prosper.

Je la suivais. Je la précédais. Je trottais autour d'elle comme un chien berger. Je saluais gaiement le sous-chef de gare. Ma parole, pendant quelques minutes, j'ai oublié ma gueule de bois.

Dans le taxi, bien que le chauffeur me connût parfaitement, je tenais la main de Martine, j'étais penché sur elle comme un homme amoureux et je n'en avais pas honte.

— Surtout, ne sors pas, ne téléphone à personne avant de m'avoir vu... Il est huit heures... Mettons que tu dormes jusqu'à onze heures, même onze heures et demie... Mes consultations, le mercredi, durent jusqu'à une heure... Il faut me promettre que tu ne verras personne, que tu ne téléphoneras à personne... Promets, Martine...

Je me demande si elle avait conscience de ce qui lui arrivait d'inouï.

— Je promets.

Nous ne nous sommes pas embrassés. La place Napoléon était vide quand le taxi s'est arrêté devant l'*Hôtel de l'Europe*. Je suis allé trouver Angèle, la patronne, dans la cuisine, où, comme chaque matin, elle donnait ses instructions au chef.

— J'ai besoin d'une bonne chambre pour une

personne qui est très fatiguée et qu'un confrère de Paris me recommande.

— Entendu, docteur...

Je ne suis pas monté avec elle. Arrivé au bas du seuil de plusieurs marches, je me suis retourné. A travers la porte vitrée, aux cuivres que l'humidité ternissait, je l'ai vue, sur le tapis rouge du hall, qui parlait à Angèle et qui désignait ses deux valises au garçon. Je la voyais et elle ne me voyait pas. Elle parlait et je n'entendais pas sa voix. Une seconde, pas plus, j'ai imaginé sa bouche ouverte, vous savez, comme la nuit, et l'idée de la quitter, même pour un temps assez court, m'a été tellement intolérable, la peur m'a tellement point que j'ai failli retourner sur mes pas et l'emmener.

Dans le taxi, tout seul, je retrouvais ma fatigue et mes malaises, mes élancements dans les tempes et cette sensation de chavirement dans la poitrine.

— Chez vous, docteur ?

Chez moi, oui. C'est vrai : *chez moi*. Et il y avait des petits paquets plein la banquette, y compris les fameux boutons pour une jaquette qu'Armande faisait faire selon son patron à elle par la meilleure couturière de La Roche-sur-Yon.

Chez moi, puisque cet homme le disait ! D'ailleurs, il y avait mon nom sur la plaque de cuivre appliquée à la grille. Babette, notre dernière bonne, se précipitait au-devant du chauffeur qui portait mes paquets et un rideau bougeait au premier étage dans la chambre de mes filles.

— Monsieur n'est pas trop fatigué ? Monsieur va commencer par déjeuner, j'espère. Madame s'est déjà informée deux fois de Monsieur. Sans doute le train, comme je lui ai dit, a-t-il encore eu du retard ?

Le vestibule aux murs d'un blanc crémeux et des vêtements à moi, des chapeaux, ma canne au portemanteau. La voix de ma benjamine, là-haut :

— C'est toi, papa ? Est-ce que tu as rencontré le Père Noël ?

Je demandai à Babette :

— Il y a déjà beaucoup de monde ?

Parce que, chez les médecins pour petites gens,

on fait la queue et les clients s'y prennent de bonne heure. L'odeur du café. Ce matin-là, elle me soulevait le cœur. Je retirai mes souliers imprégnés d'eau et il y avait un gros trou à une de mes chaussettes.

— Mais, Monsieur a les pieds tout mouillés...

— Chut ! Babette...

Je montai l'escalier blanc au tapis rose maintenu par des tringles de cuivre. J'embrassai mon aînée qui partait pour l'école : Armande faisait prendre son bain à la cadette.

— Je n'ai pas compris pourquoi tu ne couchais pas chez Gaillard comme d'habitude... Quand tu m'as téléphoné, hier soir, tu ne paraissais pas dans ton assiette... Tu n'as pas été malade ?... Quelque chose t'a contrarié ?

— Mais non... J'ai fait toutes tes courses...

— Je verrai cela en descendant... Mme Gringuois a encore téléphoné ce matin et demande que tu ailles la voir dès ton arrivée... Elle ne peut pas venir... Elle a attendu hier pendant deux heures dans le salon, à me raconter ses malheurs...

— Je me change et j'y vais.

A la porte, je me retournai, balourd.

— A propos...

— Quoi ?

— Rien... A tout à l'heure...

J'avais failli lui annoncer tout de suite que j'aurais quelqu'un à déjeuner, quelqu'un que j'avais rencontré par hasard, la fille d'un ami, que sais-je ? J'étais prêt à inventer n'importe quoi. C'était naïf, maladroit. Et pourtant je venais de décider que Martine déjeunerait à la maison. J'avais besoin qu'elle prît son premier repas à La Roche-sur-Yon dans mon intimité et même, pensez ce que vous voudrez, qu'elle connût Armande dont je lui avais tant parlé.

J'ai pris mon bain, je me suis rasé, j'ai sorti ma voiture du garage et je suis allé voir ma vieille cliente qui habite toute seule une petite maison à l'autre bout de la ville. Deux fois, exprès, je suis passé devant l'*Hôtel de l'Europe*, dont j'ai regardé les fenêtres. Angèle m'avait dit qu'elle donnerait le 78.

Je ne savais pas où était située cette chambre, mais il y en avait une, à l'angle du second étage, dont les rideaux étaient fermés, et je la contemplais avec émotion.

Je suis entré au *Poker-Bar*, mon juge, cet endroit dont je vous ai parlé, où je ne mettais guère les pieds ; et j'y ai absorbé ce matin-là, à jeun, un verre de vin blanc qui m'a vrillé l'estomac.

— Boquet n'est pas encore venu ?

— Avec la vie que lui et sa bande ont menée cette nuit, il n'y a pas de chance de le voir avant cinq ou six heures du soir. Ces messieurs étaient encore ici au départ du premier train de Paris...

Quand je suis rentré chez moi, Armande était occupée à téléphoner à la couturière pour lui annoncer qu'elle avait les boutons et pour prendre rendez-vous. Je n'ai pas vu ma mère. J'ai pu gagner mon cabinet et écluser mes clients les uns après les autres.

Plus le temps passait, plus j'avais l'impression que j'étais en train de rater ma vie. L'atmosphère était grise, sans joie. Les fenêtres de mon bureau, où je rédige mes ordonnances, donnent sur le jardin, dont les arbustes noirs s'égouttaient en silence. Quant à la fenêtre de mon cabinet de consultation, elle est munie de vitres dépolies et on y a besoin toute la journée de lumière artificielle.

Une idée s'imposait à moi peu à peu, qui m'avait d'abord paru absurde, mais qui le devenait moins à mesure que le temps passait, que les malades se succédaient. N'avais-je pas au moins deux confrères à La Roche-sur-Yon même, qui n'avaient pas une clientèle plus grosse que la mienne et se faisaient assister par une infirmière ? Sans compter les spécialistes, comme mon ami Dambois, qui ont tous une assistante.

Je m'étais mis à détester Raoul Boquet et pourtant, mon juge, je puis vous dire, car un médecin est bien placé pour connaître ces choses, que, comme homme, je n'avais rien à lui envier. Au contraire ! Et, justement parce qu'il était pourri de tares, j'enrageais davantage à l'idée d'une intimité quelconque entre lui et Martine.

Onze heures, vous comprenez ? Onze heures et demie. Un pauvre gosse, je le vois encore, avec les oreillons et une énorme compresse autour de la tête. Puis un panaris à inciser. D'autres. Il en venait toujours d'autres qui remplaçaient les précédents sur les banquettes.

Elle ne viendrait pas. C'était impossible qu'elle vînt. Et pourquoi, dites, pourquoi serait-elle venue ?

Un accidenté du travail, qu'on amenait en camionnette, parce que je suis médecin des assurances. Il me disait, faraud, en me montrant son pouce écrasé :

— Coupez, bon sang ! Mais coupez donc ! Je parie que vous n'avez pas le cœur de couper. Est-ce qu'il faut que je le fasse moi-même ?

Quand je l'ai reconduit, la sueur qui me coulait sur les paupières m'empêchait presque de voir devant moi et j'ai failli introduire le premier malade sans savoir qu'elle était là, dans le même tailleur sombre que la veille, avec le même chapeau, tout au bout d'un des deux bancs.

Bon Dieu ! Que c'est bête de devoir employer des mots qui ont servi si longtemps à exprimer des banalités ! Ma gorge s'est serrée. Vraiment serrée, là, aussi serrée qu'une artère dans un catgut. Est-ce que je peux vous dire autre chose, est-ce que je peux vous dire ça autrement ?

Ma gorge s'est serrée et j'ai traversé la pièce au lieu de rester à tenir d'une main la porte de mon cabinet comme je le fais d'habitude.

Elle m'a dit plus tard que j'étais effrayant. C'est possible. J'avais eu trop peur. Et je vous fiche mon billet que je ne m'inquiétais pas, à ce moment-là, de ce que penseraient les cinq ou six malades qui attendaient leur tour depuis peut-être des heures.

Je me suis planté devant elle. C'est toujours par elle que je le sais. Moi, je ne me contrôlais plus. Je lui ai dit, les dents serrées, presque comme une menace :

— Entre...

Est-ce que je pouvais vraiment avoir l'air terrible ? J'avais trop peur pour ça. J'avais eu trop peur. Je n'étais pas encore rassuré. Il fallait lui faire franchir la porte, la refermer.

Alors il paraît que j'ai poussé un soupir aussi rauque qu'un gémissement et que j'ai articulé en laissant tomber mes bras devenus mous :

— Tu es venue...

Ce qu'on m'a reproché le plus, au procès, c'est d'avoir introduit une femme, d'avoir introduit ma maîtresse au domicile conjugal. A leurs yeux, je crois bien que c'est mon plus grand crime et qu'on m'aurait pardonné, à la rigueur, d'avoir tué. Mais mettre Martine face à face avec Armande, ils en étaient tellement indignés qu'ils ne trouvaient pas les mots pour qualifier ma conduite.

Qu'est-ce que vous auriez fait, mon juge ? Est-ce que je pouvais m'en aller tout de suite ? Est-ce que cela aurait paru plus naturel ? Comme ça, dès le premier jour, de but en blanc ?

Est-ce que je savais seulement où nous allions ? Il y a une chose que je savais, une seule, c'est que je ne pouvais plus me passer d'elle et que j'éprouvais une douleur physique aussi violente que celle du plus affligé de mes malades dès qu'elle n'était plus près de moi, dès que je ne la voyais pas, que je ne l'entendais pas.

C'était soudain le vide total.

Est-ce que c'est tellement extraordinaire ? Est-ce que je suis le seul homme à avoir connu ce vertige ?

Est-ce que je suis le premier à avoir haï tous ceux qui étaient susceptibles de s'approcher d'elle en mon absence ?

On aurait pu le croire en écoutant ces messieurs qui regardaient d'un air tantôt indigné, tantôt apitoyé. Plus souvent indigné.

Remarquez que, quand je l'ai regardée, dans la lumière de mon cabinet, j'ai été presque désillusionné. Elle avait à nouveau sa silhouette trop nette de la veille au soir, sa silhouette d'avant. Peut-être parce qu'elle n'était pas très à son aise, elle affichait son assurance de cliente de bars.

Je cherchais des traces de ce qui nous était arrivé et je n'en trouvais pas.

Tant pis ! Telle qu'elle était, je ne la laissais pas partir. J'en avais encore pour une heure de consultation au moins. J'aurais pu lui demander de revenir. Mais je ne voulais pas qu'elle s'éloignât. Je ne voulais même pas la laisser seule chez moi. Il fallait qu'on me la gardât.

— Ecoute... Tu déjeuneras à la maison... Mais si... C'est inutile de parler de notre rencontre d'hier, car Armande est méfiante et ma mère encore plus... Pour elles deux, tu es venue me trouver ce matin avec une recommandation du docteur Artari, de Paris, que je connais un peu et que ma femme ne connaît pas...

Elle n'était pas rassurée, mais elle sentait bien que ce n'était pas le moment de me contrecarrer.

— Tu peux parler de Boquet... Cela vaut même mieux... Cependant laisse entendre que tu as travaillé pour un médecin, pour Artari, par exemple...

J'avais tellement hâte d'arranger tout cela, qui me paraissait merveilleux, que j'avais déjà la main sur la poignée de la porte communiquant avec la maison.

— Mon nom est Englebert, me dit-elle, Martine Englebert... Je suis belge, de Liège...

Elle sourit. C'est vrai que je ne connaissais pas son nom de famille et que cela m'aurait embarrassé pour la présenter.

— Tu verras... Laisse-moi faire...

J'étais tout fou. Tans pis si vous trouvez ça ridicule, mon juge. Je l'amenais chez moi. C'était presque un piège. J'avais un peu l'impression de me l'approprier et il n'en aurait pas fallu beaucoup pour que l'idée me vienne de l'enfermer. J'entendais les quintes de toux d'une malade dans la salle d'attente.

— Viens...

Je frôlai ses lèvres de mes lèvres, délicatement. Je

la précédais. C'était mon vestibule, à gauche mon salon ; l'odeur qui flottait était l'odeur de ma maison, et elle était dans ma maison.

J'ai aperçu maman dans le salon et je me suis précipité vers elle.

— Ecoute, maman... Je te présente une jeune fille que me recommande le docteur Artari, un médecin de Paris que je connais... Elle vient travailler à La Roche où elle ne connaît personne... Je l'ai invitée à déjeuner avec nous...

Maman, en se levant, laissa tomber sa pelote de laine.

— Je te la confie... Je vais continuer mes consultations. Dis à Babette de nous préparer un bon déjeuner...

Est-ce que j'ai failli chanter ? Je me demande maintenant si, en refermant la porte de mon cabinet, je n'ai pas fredonné. J'avais la sensation d'une telle victoire, et, pour tout dire, j'étais si fier de mon astuce ! Pensez que je l'avais mise sous la garde de maman. Aucun homme ne lui parlerait pendant qu'elles seraient ensemble. Et Martine, qu'elle le veuille ou non, continuerait à vivre dans mon atmosphère.

Même si Armande descendait. Je ne savais pas si elle était sortie ou non, mais elles ne tarderaient pas à se trouver face à face.

Eh bien ! Armande me la garderait à son tour. J'ouvrais, plein d'allégresse, soulagé comme je crois ne l'avoir jamais été auparavant, la porte de la salle d'attente.

Au suivant ! Au suivant encore ! Ouvrez la bouche. Toussez. Respirez. Ne respirez plus.

Elle était là, à moins de dix mètres de moi. Quand je me rapprochais de la petite porte du fond, je pouvais entendre un murmure de voix. C'était trop confus pour que je reconnaisse la sienne, mais elle n'en était pas moins là.

Vous étiez là, je crois, au moment où l'avocat général a demandé, non pas à moi, mais, en levant les bras au ciel, à je ne sais quelle puissance mystérieuse :

— Qu'est-ce que cet homme pouvait espérer ?

J'ai souri. Mon hideux sourire, vous savez ! J'ai souri et j'ai dit tout bas, mais assez distinctement pour qu'un de mes deux gardes l'entendît :

— Etre heureux...

En réalité, je ne me posais pas la question. J'étais assez lucide, malgré tout, pour prévoir des complications, des difficultés de tous les instants.

Ne parlons pas de la pente savonneuse du vice, comme je ne sais plus quel imbécile l'a fait au procès. Il n'y avait pas de pente savonneuse et il n'y avait pas de vice.

Il y avait un homme qui ne pouvait pas agir autrement qu'il agissait, un point c'est tout. Qui ne le pouvait pas parce que ce qui était soudain en jeu, après quarante ans, c'était son bonheur à lui, dont personne ne s'était jamais soucié, ni lui-même, un bonheur qu'il n'avait pas cherché, qui lui avait été donné gratuitement et qu'il ne lui était pas permis de perdre.

Excusez-moi si je vous choque, mon juge. J'ai bien le droit de parler moi aussi, après tout. Et j'ai l'avantage sur les autres de savoir ce dont je parle. J'ai payé le prix. Eux n'ont rien payé et par conséquent je ne leur reconnais pas le droit de s'occuper de ce qu'ils ignorent.

Tant pis si, comme les autres, vous prononcez le mot cynisme. Au point où j'en suis, cela n'a plus d'importance. Cynisme, soit, si vous voulez : dès ce matin-là, en effet, peut-être dès je ne sais plus quel instant de la nuit, j'acceptais d'avance tout ce qui pourrait advenir.

Tout, mon juge. Vous m'entendez ?

Tout, sauf de la perdre. Tout, sauf de la voir s'éloigner, de vivre sans sa présence, de ressentir encore dans la poitrine cette horrible douleur.

Je n'avais pas de plan préconçu. Il est faux de prétendre que ce matin-là, en la présentant à ma mère, j'étais décidé à introduire ma concubine — mon Dieu ! comme certains mots jugent les gens qui les prononcent ! — sous le toit conjugal.

Il fallait que je la gare tout de suite. Pour le reste,

on aviserait plus tard. Ce qui comptait, c'était d'éviter tout contact avec Boquet, tout contact avec quelque homme que ce fût.

J'ai continué mes consultations, l'âme en paix. Quand je suis entré dans le salon, les trois femmes y étaient assises comme des dames qui se font visite, et Martine avait ma plus jeune fille sur les genoux.

— J'ai eu le plaisir de faire la connaissance de votre femme, m'a-t-elle dit sans ironie, sans intention d'aucune sorte, parce qu'il fallait qu'elle dît quelque chose.

Il y avait trois petits verres de porto sur le guéridon, avec, au milieu, notre beau carafon en cristal taillé. Le salon était vraiment joli, ce matin-là, et le tulle des rideaux empêchait d'apercevoir la grisaille qui enveloppait la ville.

— Mlle Englebert nous a beaucoup parlé de sa famille...

Armande m'a adressé un petit signe que je connais bien, qui veut dire qu'elle désire me parler en particulier.

— Il faut que je descende à la cave choisir une bonne bouteille, prononçai-je.

Et sans comédie, je vous jure, gaiement, parce que j'étais gai, tout à coup :

— Dites-moi, mademoiselle, préférez-vous les vins blancs aux vins rouges, les vins secs aux vins doux ?

— Secs, si Mme Alavoine est comme moi...

Je suis sorti de la pièce. Armande m'a suivi.

— Tu crois que nous pouvons la laisser à l'hôtel en attendant qu'elle trouve un appartement ? Elle est descendue à l'*Europe*, ce matin. Si Artari te la recommande... Qu'est-ce qu'il dit dans sa lettre ?...

Je n'avais pas pensé que j'aurais dû avoir une lettre.

— Il me demande de lui faciliter les premiers temps de son séjour... Il n'aime pas beaucoup la place qu'on lui offre chez Boquet, mais nous verrons ça plus tard...

— Si je savais que ce n'est que pour deux ou trois jours, je lui donnerais la chambre verte...

Voilà, mon juge ! La chambre verte ! A côté de celle de maman, séparée de la mienne par la chambre de nos filles.

— Fais comme tu voudras...

Pauvre Martine, qui devait nous entendre chuchoter dans le corridor et qui ne savait pas, qui ne pouvait pas se douter de la tournure que prenaient les choses. Maman lui parlait et elle faisait semblant d'écouter tout en tendant l'oreille vers le dehors, plus morte que vive.

Elle ne verrait pas Boquet, elle ne travaillerait pas pour lui, maintenant c'était décidé. J'allais vite en besogne, vous le voyez. Mais ce n'était pas moi. C'était le destin, mon juge, c'était une force qui nous dépassait.

J'étais tellement reconnaissant à Armande que je l'ai regardée, pendant le déjeuner, comme je ne l'avais jamais sans doute regardée jusqu'alors, avec une véritable tendresse. Un déjeuner parfait, que maman avait obtenu de surveiller. Nous n'avions pas faim et nous mangions sans nous en apercevoir. Nos yeux riaient. Nous étions gais. Tout le monde était gai, mon juge, comme par miracle.

— Tout à l'heure, mon mari ira chercher vos bagages à l'hôtel. Mais si ! Je ne crois pas qu'il soit difficile, en ce moment, de trouver un appartement meublé. Après le déjeuner, je donnerai deux ou trois coups de téléphone...

Nous voulions nous rendre à l'hôtel ensemble. Nous avions déjà besoin d'être seuls. Nous n'osions pas aller trop vite en besogne. La proposition ne pouvait pas venir de moi.

C'est là que j'ai vu combien Martine était rouée, j'allais dire combien elle était garce. Ces dames finissaient le café. Je partais.

— Cela vous ennuierait, madame, que je passe à l'hôtel, moi aussi ?

Et, à voix basse, comme en confidence :

— J'ai quelques petites choses qui traînent et...

Armande avait compris. Petits secrets de femmes, parbleu ! Petites pudeurs ! Ce n'était pas à la grande brute que j'étais de pénétrer dans la chambre d'une jeune fille et de manier son linge, ses objets personnels.

J'entends encore Armande me recommander tout bas, pendant que Martine mettait son drôle de petit chapeau, devant la glace du vestibule :

— Laisse-la monter seule... C'est plus délicat... Tu la gênerais...

L'auto. Mon auto. Nous deux dedans, moi au volant, elle à côté, et ma ville, les rues dans lesquelles je passais tous les jours.

— C'est merveilleux... dis-je.

— Cela ne te fait pas un petit peu peur ? Tu crois que nous devons accepter ?...

Elle ne se moquait plus d'Armande, à présent. Elle avait honte devant elle.

Mais personne au monde n'aurait pu me faire reculer. Je montai avec elle. Avant même de refermer la porte, je la serrais dans mes bras à l'étouffer et je lui mangeais littéralement la bouche. Le lit n'était pas encore fait. Pourtant, l'idée ne me vint pas de l'y renverser. Cela comptait, certes. C'est en l'étreignant comme une bête que j'avais compris. Mais ce n'était pas le moment.

Nous avions autre chose à réaliser, tout de suite, une autre étape à franchir.

Il fallait que je la ramène chez moi, mon juge, et je l'ai ramenée triomphalement, comme jamais sans doute nouvel époux n'a ramené chez lui son épouse.

J'étais obligé d'éteindre le feu de mon regard, le rayonnement de tout mon être.

— J'ai déjà téléphoné, nous annonçait Armande, et on m'a donné une adresse.

Puis tout bas, m'entraînant à l'écart :

— Il est plus convenable que ce soit moi qui y aille avec elle...

J'ai dit oui, parbleu. Du moment qu'il y avait quelqu'un pour la garder ! Et cela me semblait tout naturel, à moi, que ce soit ma mère ou Armande.

Duplicité, hypocrisie ?

Non, mon juge. Non et non ! Laissez dire cela à ceux qui ne savent pas, vous qui allez peut-être savoir bientôt, vous qui, si je ne me trompe, saurez un jour.

La force irrésistible de la vie, simplement, de la vie qui m'était enfin donnée, à moi qui, si long-temps, n'avais été qu'un homme sans ombre.

7

Il n'y a pas un incident, un mot, un geste de ces journées-là que j'aie oubliés, et pourtant je serais incapable de reconstituer les faits dans leur ordre chronologique. C'est plutôt un enchevêtrement de souvenirs qui ont chacun sa vie propre, qui forment chacun un tout, et souvent ce sont les plus dépour-vus d'importance qui se détachent avec les contours les plus précis.

Je me revois, par exemple, cet après-midi-là vers six heures, poussant la porte du *Poker-Bar*. Le matin, encore avais-je un semblant de raison d'y aller. Mais à présent que j'avais décidé que Martine, quoi qu'il arrive, ne deviendrait pas la secrétaire de Raoul Boquet ?

Et, vous voyez, je me trompe peut-être : je me demande tout à coup si cette démarche n'est pas du lendemain. Je sens encore le vent glacé s'engouffrer dans mon pardessus au moment de descendre de l'auto, je revois en enfilade et en pente légèrement descendante les quelques lumières de la rue, lumiè-res de boutiques bien incapables d'attirer qui que ce fût par une telle bourrasque.

Tout près de moi, la lumière crème, un peu rosée, du bar, et tout de suite, le temps d'ouvrir une porte, une atmosphère de bonne chaleur et de cordialité. Les gens étaient si nombreux dans la fumée des pipes et des cigarettes que le nouveau venu avait l'impression d'avoir été berné, de n'avoir pas été mis dans le secret. Si les rues étaient vides, si quelques malheureux seuls erraient à vide, c'est que tout le monde s'était donné rendez-vous au *Poker-Bar* et dans d'autres endroits du même genre, derrière des portes closes, où on ne les voyait pas.

Qu'est-ce que je venais chercher ? Rien. J'étais là pour regarder Boquet. Pas même pour le défier, car je ne pouvais lui parler de rien. Regarder simplement un homme qui, un soir qu'il était ivre, avait rencontré Martine, lui avait parlé — avant moi —, lui avait offert à boire et avait failli devenir son patron. Serait-il devenu son amant par surcroît ?

Je ne lui ai pas adressé la parole. Il était trop soûl pour ça et il n'a pas remarqué ma présence.

C'est ici, en prison, où l'on est tellement bien pour penser, que j'ai fait une remarque. Presque tous mes souvenirs de la période des fêtes, en Vendée, aussi loin que je remonte, sont des souvenirs clairs, d'une clarté un peu glauque, glacée, comme certaines cartes postales, rarement avec de la neige, presque toujours avec du froid sec.

Or je ne retrouve cette année-là — l'année dernière, mon juge ! — que des jours sombres où, dans certains bureaux, on allumait les lampes, le noir des pavés sous la pluie, le noir des soirées venteuses qui commençaient trop tôt, avec ces lumières éparses dans la ville qui donnent à la province un caractère si intime et si triste.

C'est cela qui m'a rappelé Caen. Mais je n'avais pas le temps de me plonger dans le passé. Je vivais dans une telle tension continuelle que je me demande comment j'ai pu la supporter, ne fût-ce que physiquement, je me demande surtout comment tous ceux qui m'ont approché n'ont pas compris ce qui m'arrivait.

Comment certaines personnes ont-elles pu me voir aller et venir et ne pas soupçonner que je vivais des heures extraordinaires ? Ai-je été vraiment le seul à en avoir conscience ? Armande, plusieurs fois, m'a regardé avec une curiosité inquiète. Pas inquiète pour moi. Inquiète parce qu'elle n'aimait pas ne pas comprendre, parce qu'elle repoussait d'instinct ce qui risquait de troubler l'ordre qu'elle avait établi autour d'elle.

La chance était avec moi. Nous avons eu, à ce moment-là, presque en même temps, une épidémie de grippe et une épidémie de scarlatine, qui m'ont tenu en haleine du matin au soir et parfois du soir au matin. Le salon d'attente ne désemplissait pas. Sous la marquise de verre, il y avait toujours le long du mur une dizaine de parapluies qui s'égouttaient et les planchers étaient sillonnés du mouillé et de la boue de tous les pas. Le téléphone sonnait sans répit. Des malins, ou des amis, entraient par notre porte particulière et on me les passait discrètement, entre deux clients ordinaires. J'accueillais toute cette besogne avec allégresse, j'avais besoin de cette fièvre-là pour donner une excuse à ma fièvre.

Il nous était à peu près impossible, à Martine et à moi, de nous voir seul à seul. Mais elle était chez moi, et cela me suffisait. Je faisais du bruit exprès pour qu'elle m'entendît, pour qu'elle eût sans cesse conscience de ma présence. Le matin, je me suis mis à fredonner en me rasant, et elle a si bien compris que, quelques instants plus tard, je l'entendais chanter dans sa chambre.

Cela, maman, elle aussi, l'a compris, j'en mettrais ma main au feu. Elle n'a rien dit. Elle n'a rien laissé paraître. Il est vrai que maman n'avait aucune raison d'aimer Armande. Au contraire. Est-il indécent de pousser mes suppositions plus loin, d'imaginer une certaine jubilation intérieure de ma mère au fur et à mesure de ses découvertes, qu'elle gardait soigneusement pour elle ?

Toujours est-il que, je l'ai su plus tard, elle me l'a d'ailleurs avoué, elle avait tout deviné dès le second ou le troisième jour, et cela me gêne un peu maintenant de penser que des choses que je croyais si secrètes, que l'amour seul rendait acceptables, ont eu un témoin lucide et muet.

C'est le troisième jour au matin, pendant ma consultation, qu'Armande a conduit Martine en taxi, pour ne pas me déranger, chez Mme Debeurre, où elle lui avait trouvé une chambre et une cuisine.

Le second, le troisième jour ! Tout cela m'a paru si long à cette époque ! Et, bien que cela ne date même pas d'un an, il me semble que c'est si loin. Plus loin, par exemple, que la diphtérie de ma fille, que mon mariage avec Armande, il y a dix ans, parce que, pendant ces dix années-là, il ne s'est rien passé d'essentiel.

Pour Martine et moi, au contraire, le monde changeait d'heure en heure, les événements allaient si vite que nous n'avions pas toujours le temps de nous tenir l'un et l'autre au courant de ce qui se passait, ni de notre évolution.

Je lui avais dit brièvement, entre deux portes :

— Tu n'iras pas chez Boquet. J'ai trouvé autre chose. Laisse-moi faire...

Malgré mon assurance, je n'avais aucune certitude, je pensais qu'en tout cas cela prendrait des semaines, sinon des mois. J'y croyais sans y croire, je le voulais sans savoir le chemin que je choisirais, tant un pareil projet supposait d'obstacles.

Et que faire en attendant ? Je ne pouvais même pas entretenir Martine, qui était au bout de son argent et qui n'aurait pas accepté.

Quarante, cinquante malades par jour, mon juge, non seulement chez moi, mais en ville, dans les faubourgs, quelques-uns à la campagne, de sorte qu'à cause de nos chemins de Vendée je vivais en culottes de cheval et en bottes.

Ajoutez à cela Noël à préparer, les cadeaux pour les enfants et pour les grandes personnes, l'arbre et ses ornements qu'il fallait acheter, la crèche des années précédentes que je n'avais pas encore eu le temps de faire réparer.

Est-il étonnant que je m'embrouille dans l'ordre des événements ? Mais je me souviens nettement qu'il était dix heures du matin, que j'avais dans mon cabinet une malade qui portait un châle de laine noire quand je me suis fixé un délai de quelques semaines, de trois semaines, par exemple, pour amener Armande à mes vues.

Or, le jour même, à midi, Babette est venue frapper à la porte de mon cabinet, ce qui signifiait que mon bouillon était servi. C'est mon habitude, dans les moments de forte presse, d'interrompre quelques instants mes consultations pour aller boire un bol de bouillon chaud dans la cuisine. Une idée d'Armande, d'ailleurs. Quand j'y repense, je m'aperçois que tous mes faits et gestes étaient réglés par Armande, si naturellement que je ne m'en rendais pas compte.

J'étais vraiment fatigué. Ma main tremblait un peu, de nervosité, en saisissant le bol. Ma femme était là, par hasard, à préparer un gâteau.

— Cela ne peut pas continuer comme ça, ai-je dit, en profitant de ce qu'il nous était impossible d'engager une longue conversation, de ce qu'elle avait à peine le temps de répondre. Si je savais que cette jeune fille est vraiment sérieuse, je crois que je l'engagerais comme assistante...

Mais tout ceci, toutes ces préoccupations dont je viens de vous parler ne correspondent, mon juge, qu'à ce qu'il y avait alors de moins important pour moi. Le plus gros de ma fièvre, c'était d'ailleurs qu'il me venait.

J'étais, voyez-vous, à l'époque pénible, obsédante de la découverte.

Je ne connaissais pas Martine. J'avais faim de la connaître. Ce n'était pas une curiosité, mais un besoin quasi physique. Et toute heure perdue m'était douloureuse, physiquement douloureuse aussi. Il peut se passer tant de choses en une heure ! Malgré mon peu d'imagination, j'évoquais toutes les catastrophes possibles.

Et la pire de toutes : que, d'un moment à l'autre, elle ne fût plus la même.

J'avais conscience du miracle qui s'était produit et il n'y avait aucune raison pour que le miracle continuât.

Il fallait coûte que coûte, tout de suite, que nous nous connaissions, que nous achevions la connaissance totale, que nous allions jusqu'au bout de ce que nous avions commencé à Nantes sans le vouloir.

Alors seulement, me disais-je, je serais heureux.

Alors je pourrais la regarder avec des yeux calmes et confiants. Alors peut-être serais-je capable de la quitter pendant quelques heures sans haleter d'inquiétude ?

J'avais mille questions à lui poser, mille choses à lui dire. Et je ne pouvais lui parler, à de rares moments de la journée, qu'en présence de ma mère ou d'Armande.

Nous avions commencé par la fin. Il était urgent, indispensable, de combler les vides qui me donnaient une sorte de vertige.

Par exemple, rien que lui tenir la main, sans mot dire...

Si j'ai dormi pendant cette période-là, je n'en ai pas conscience et je suis sûr de n'avoir pas dormi beaucoup. Je vivais comme un somnambule. Mes yeux luisaient, picotaient. J'avais la peau trop sensible comme quand on est à bout de fatigue. Je me revois en pleine nuit, mordant mes oreillers de rage en pensant qu'elle était couchée à quelques mètres de moi.

Le soir, elle toussait plusieurs fois avant de s'endormir, ce qui était une façon de m'envoyer un dernier message. Je toussais à mon tour. Je jurerais que ma mère a compris le sens de ces toux-là aussi.

Je ne sais pas ce qui serait arrivé si les choses avaient traîné plus longtemps, si elles s'étaient déroulées comme je le prévoyais. On se figure volontiers que les nerfs pourraient claquer comme des cordes de violon trop tendues. C'est ridicule, évidemment. Mais je crois que j'aurais été capable, un beau jour, à table ou en plein milieu du salon, dans la rue, n'importe où, de me mettre à crier sans raison apparente.

Armande a dit, sans m'opposer les objections auxquelles je m'attendais :

— Attends au moins après Noël pour lui en parler. Il faudra que nous en discutions tous les deux...

Je suis obligé de vous donner encore quelques détails professionnels. Vous savez qu'en province nous avons gardé l'habitude, pour nos clients les plus importants, de ne leur envoyer notre note qu'en fin d'année. C'est le cauchemar des médecins. C'était le mien. Il est évident que nous ne tenons pas toujours un compte précis de nos visites. Il faut revoir notre agenda, page par page, établir une approximation qui ne fasse pas sursauter le client.

Armande, jusqu'alors, s'était chargée de cette besogne. Je n'avais pas eu besoin de le lui demander, car elle aimait ces tâches minutieuses et ordonnées et, en outre, dès son arrivée dans la maison, elle s'était occupée tout naturellement de mes affaires d'argent, à tel point que j'en étais réduit à lui en demander quand j'avais un achat quelconque à faire.

Le soir, lorsque je me déshabillais, elle ramassait les billets que je retirais de mes poches, le montant des visites qu'on me payait comptant, et il lui arrivait de froncer les sourcils, de me réclamer des explications. Il fallait que je refasse en esprit ma tournée, que je me souvienne de tous les malades que j'avais vus, de ceux qui avaient payé et de ceux qui ne l'avaient pas fait.

Armande, néanmoins, cette année-là entre autres, se plaignait d'être débordée de travail, et j'ai profité d'un moment où elle se plongeait dans ses comptes pour lui dire :

— Elle pourrait t'aider aussi, se mettre petit à petit au courant...

Qui sait si ce n'est pas un trait du caractère d'Armande qui a tellement hâté les choses que j'en ai été le premier surpris ? Elle a toujours aimé diriger, qu'il s'agisse d'une maison ou de n'importe quoi. Si elle a vraiment aimé son premier mari, si, comme on me l'a répété, elle a été magnifique avec lui, n'est-ce pas qu'il était malade, qu'il était à sa merci, qu'il ne pouvait compter que sur elle et qu'elle pouvait le traiter comme un enfant ?

Elle avait besoin de dominer, et je ne pense pas que ce soit par une mesquine vanité ou même par orgueil. C'était plutôt, je pense, pour entretenir et pour accroître le sentiment qu'elle avait d'elle-même et qui était nécessaire à son équilibre.

Elle n'avait pas pu vivre chez son père, justement

parce que son père ne se laissait pas impressionner, continuait à la traiter en petite fille et poursuivait sa propre existence comme si elle n'existait pas dans la maison. Avec le temps, je me demande si elle ne serait pas tombée malade, si elle ne serait pas devenue neurasthénique.

Depuis dix ans, elle nous avait sous sa coupe, moi, d'abord, qui n'avais pas tenté de réagir et qui cédais toujours pour avoir la paix, jusqu'à solliciter son opinion quand il s'agissait d'acheter une cravate ou le moindre instrument de ma profession, jusqu'à lui rendre compte de mes faits et gestes. Il y avait encore ma mère, qui avait cédé à sa façon, qui s'était cantonnée à la place qu'Armande lui avait assignée, mais en sauvegardant sa personnalité, ma mère qui obéissait, certes, parce qu'elle ne se considérait plus comme chez elle, mais qui restait imperméable à l'influence de sa bru.

Mes filles, évidemment plus molles. La bonne. Une domestique qui avait un « caractère » ne faisait pas long feu chez nous. Pas plus qu'une domestique qui n'admirait pas ma femme. Enfin, il y avait toutes nos amies, ou presque, toutes les jeunes femmes de notre société, qui venaient lui demander conseil. C'était arrivé si souvent qu'Armande n'attendait plus qu'on l'en priât et qu'elle donnait, d'elle-même, son avis sur tout ; et on lui avait répété tant de fois qu'elle ne se trompait jamais que c'était devenu une chose admise dans un certain milieu yonnais et qu'elle ne concevait plus la possibilité d'une contradiction.

Voilà pourquoi j'avais eu un trait de génie, sans le vouloir, en parlant des comptes de fin d'année. C'était mettre Martine sous sa coupe, c'était un être de plus qui entrait de la sorte sous sa domination.

— Cette fille paraît assez intelligente, a-t-elle murmuré, mais je me demande si elle est suffisamment ordonnée...

A cause de cela, mon juge, le soir où, pour la première fois, je suis allé voir Martine dans son nouvel appartement, chez Mme Debeurre, je venais lui annoncer deux bonnes nouvelles. D'abord que ma femme l'invitait à venir passer le réveillon de Noël avec nous, ce que je n'aurais jamais osé espérer. Ensuite qu'avant la fin de l'année, dans moins de dix jours, elle serait vraisemblablement mon assistante.

Depuis midi, malgré cela, j'avais l'impression de tourner à vide. Martine n'était plus chez nous. Au déjeuner, elle n'était pas à table, et j'en arrivais presque à douter de mes souvenirs, à me demander si la veille elle était vraiment restée là, en face de moi, entre Armande et ma mère.

Elle était seule, dans une maison dont je ne connaissais que la façade. Elle échappait à mon contrôle. Elle voyait d'autres personnes. Elle leur parlait sans doute, elle leur souriait.

Et il m'était impossible de me précipiter chez elle. Il me fallait accomplir la tournée de mes malades, revenir deux fois à la maison pour des cas urgents.

Encore un détail professionnel, mon juge. Ne m'en veuillez pas, mais c'est nécessaire. Lorsque je devais aller voir des malades en ville, j'étais tenu, comme le font la plupart des médecins, de donner avant de partir la liste des clients que je visitais afin qu'en cas d'urgence on pût me téléphoner chez l'un ou chez l'autre. Si bien que tout mon emploi du temps était contrôlable. Armande tenait à cette habitude plus qu'à tout le reste. Si j'oubliais, en partant, d'inscrire sur le carnet du vestibule les adresses auxquelles je me rendais, elle avait vite fait de s'en apercevoir, et je n'avais pas mis ma voiture en marche qu'elle frappait à la vitre pour me rappeler.

Combien de fois, dans ma vie, ai-je été rappelé de la sorte ? Et je ne pouvais rien dire. Elle avait raison.

Je me demande maintenant encore si c'était par jalousie qu'elle agissait ainsi, et je le crois sans le croire. Voulez-vous que j'essaie d'expliquer ma pensée, une fois pour toutes ?

Il n'a jamais été question d'amour entre nous. Vous savez ce qui a précédé notre mariage. L'amour pour elle, si amour il y a eu, et je le lui accorde volontiers, c'était dans le passé, c'était son premier mari qui était mort.

Notre mariage était un mariage de raison. Elle aimait ma maison. Elle aimait un certain genre de vie que je lui apportais. Moi, j'avais deux filles, avec seulement ma vieille maman pour s'en occuper, ce que je ne considérais pas comme désirable.

Est-ce qu'elle m'a aimé par la suite ? La question m'a troublé, ces derniers mois, et surtout ces tout derniers temps. Jadis, j'aurais répondu non sans hésiter. J'étais persuadé qu'elle n'aimait qu'elle, qu'elle n'avait jamais aimé qu'elle.

Si elle était jalouse, c'était de son influence sur moi, comprenez-vous ? Elle avait peur de me voir casser le fil au bout duquel elle me tenait.

Tout cela, je l'ai pensé, et bien d'autres choses, car j'ai eu mes heures de révolte, même avant Martine.

A présent que je suis de l'autre côté et que je me sens tellement détaché du reste, j'ai beaucoup plus d'indulgence, ou de compréhension.

Quand elle est venue à la barre, tenez, elle aurait pu me hérisser par son attitude, par son calme, par sa confiance en elle. On sentait — et elle tenait à le faire sentir — qu'elle ne m'en voulait pas, qu'elle était prête, si j'étais acquitté, à me reprendre et à me soigner comme un malade.

Cela peut s'expliquer par son besoin de domination, par son besoin de se faire d'elle, de son caractère, une idée toujours plus haute.

Eh bien ! non. Sans parler d'amour, car je sais maintenant ce que ce mot-là signifie, je suis persuadé qu'elle m'aimait bien, un peu, en somme, comme elle aime mes filles.

Or elle a toujours été très bien envers mes filles. Tout le monde vous dira à La Roche qu'elle s'est comportée et qu'elle se comporte encore comme une vraie mère. Elle les a adoptées à tel point que, à cause de cela, j'en suis arrivé, sans m'en apercevoir, à m'en désintéresser peu à peu.

Je leur en demande pardon. Je suis leur père. Comment leur expliquer que, justement, en tant que père, on ne m'a pas laissé assez de place ?

Armande m'a aimé comme elle les aimait, doucement, avec une sévérité indulgente. Comprenez-vous, maintenant ? Je n'ai jamais été son mari, encore moins son amant. J'étais un être dont elle avait pris la charge, la responsabilité, et sur lequel, par le fait, elle se sentait des droits.

Y compris celui de contrôler mes faits et gestes. Voilà, je pense, le sens de sa jalousie.

La mienne, tonnerre de Dieu ! quand j'ai connu Martine, a été d'une autre sorte, et je ne souhaite à personne d'en connaître de pareille. Je ne sais pas pourquoi cette journée-là, plus que toutes les autres, reste dans mon esprit la journée des lumières et des ombres. J'avais l'impression d'avoir dépensé mon temps à passer de l'obscurité froide de la rue à la chaleur lumineuse des intérieurs. Du dehors, je voyais des fenêtres doucement éclairées, des stores dorés. Je franchissais quelques mètres de noir, je retirais pour un moment mon pardessus mouillé, je participais en passant à la vie d'un foyer étranger, avec toujours la conscience de l'obscurité qui régnait derrière les vitres...

Mon Dieu ! que je suis agité !

« Elle est seule, chez elle. La grosse Mme Debeurre va sans doute monter la voir... »

Je me raccrochais à cette idée rassurante. Mme Debeurre est une de ces femmes entre deux âges qui ont eu des malheurs. Son mari était receveur de l'Enregistrement. Elle habitait, non loin de la gare, une assez jolie maison à un étage, en briques roses, avec un seuil de trois marches et une porte en chêne ciré surchargée de cuivres. Pendant toute sa vie conjugale, elle avait désiré avoir des enfants et elle m'avait consulté à ce sujet ; elle avait vu tous mes confrères, elle était allée à Nantes, à Paris même, pour recevoir de chacun la même réponse.

Son mari s'était fait tuer par un train, en gare de La Roche, à deux cents mètres de chez eux, et depuis, par peur de la solitude, elle louait son appartement du premier étage.

Après ma mère et Armande, en arriver à me satis-

124

faire de l'idée qu'une Mme Debeurre était près de Martine !

Dix fois, j'ai failli aller la voir entre deux visites. Je suis passé aussi devant le *Poker-Bar*. J'avais moins que jamais de raison d'y entrer et pourtant j'ai failli le faire.

Nous avons dîné, dans un bruit de fourchettes et de porcelaine. J'avais encore quelques visites en ville.

— Je passerai peut-être voir si cette jeune fille n'a besoin de rien. Il faut que, demain, j'écrive à Artari pour lui donner de ses nouvelles...

Je craignais une contradiction, une objection. Armande a dû entendre, cependant, mais elle n'a rien dit, et ma mère a été seule à me regarder d'une façon un peu trop insistante.

L'avenue est large. Elle longe les anciens remparts. C'est le quartier des casernes. Il n'y a que deux ou trois boutiques pour mettre le soir un rectangle de lumière sur le trottoir.

J'étais fiévreux. Mon cœur battait. J'ai vu la maison, de la lumière à gauche au rez-de-chaussée, et une autre lumière au premier étage. J'ai sonné. J'ai entendu les pantoufles de Mme Debeurre traîner dans le corridor.

— C'est vous, docteur... Cette demoiselle vient justement de rentrer...

J'ai gravi les marches quatre à quatre. J'ai frappé. Une voix paisible m'a répondu d'entrer, tandis que je fixais le rai de lumière sous la porte.

Il y avait autour de la lampe un abat-jour de soie bleuâtre et, sous cet abat-jour, de la fumée s'étirait.

Pourquoi ai-je froncé les sourcils ? Pourquoi ai-je eu une impression de vide ? Je m'attendais sans doute à avoir, tout de suite, Martine debout, contre moi. J'ai dû faire des yeux le tour de la pièce et je l'ai vue étendue sur le lit, tout habillée, souriante, une cigarette aux lèvres.

Alors, au lieu de me précipiter pour l'embrasser, au lieu de lui annoncer gaiement mes deux bonnes nouvelles que j'avais tellement ressassées en chemin, j'ai questionné durement :

— Qu'est-ce que tu fais là ?

Je n'avais jamais parlé ainsi de ma vie. Je n'ai jamais été un homme autoritaire. J'ai toujours eu peur de choquer, de blesser. Ma voix me surprenait moi-même.

Elle me répondait en souriant, mais avec peut-être déjà une ombre d'inquiétude dans le regard :

— Je me reposais en t'attendant...

— Tu ne savais pas que je viendrais...

— Mais si...

Ce qui m'irritait, je pense, c'était de la retrouver exactement comme je l'avais vue dans le bar américain de Nantes, avec son sourire de magazine, que je commençais à haïr.

— Tu es sortie ?

— Il fallait bien que je mange. Il n'y avait encore rien d'arrangé ici...

Moi qui avais été si patient avec Armande, que je n'aimais pas, j'avais envie, avec elle, de me montrer cruel.

Il était si simple de m'approcher d'elle, de l'embrasser, de la serrer contre ma poitrine. J'y avais pensé toute la journée. Cent fois j'avais vécu d'avance ce moment-là et les choses se passaient tout autrement, je restais debout, sans même retirer mon pardessus, avec mes bottes qui s'égouttaient sur le tapis.

— Où as-tu dîné ?

— Dans un petit restaurant, le *Chêne Vert*, que quelqu'un m'a désigné...

— Pas Mme Debeurre, en tout cas...

Je connaissais le *Chêne Vert*. Ce n'est pas un restaurant pour les étrangers, qui auraient de la peine à le dénicher au fond de la cour où il se tapit et qui ressemble à une cour de ferme. C'est presque une pension de famille, que fréquentent des fonctionnaires célibataires, des habitués, quelques voyageurs de commerce qui passent périodiquement par La Roche.

— Je parie que tu as pris l'apéritif...

Elle ne souriait plus. Elle s'était assise au bord du lit et elle me regardait, inquiète, dépitée, comme une petite fille qui se demande pourquoi on la gronde.

Elle ne me connaissait pas encore, en somme. Elle n'avait aucune idée de ce qu'était mon caractère, de ce que serait notre amour.

Et pourtant, mon juge, cet amour-là, elle l'acceptait, tel qu'il serait. Comprenez-vous ce que cela signifie ? Moi, je ne l'ai compris que beaucoup plus tard.

J'étais tendu, hanté par mon idée fixe comme un homme qui a trop bu.

— Tu es allée au *Poker-Bar...*

Je n'en savais rien. Mais j'en avais tellement eu peur que j'affirmais, avec la quasi-certitude de ne pas me tromper...

— Je crois que c'est comme cela que ça s'appelle... Je ne pouvais pas rester enfermée toute la journée... J'avais besoin de prendre l'air... Je me suis promenée un peu dans la ville...

— Et tu as eu soif...

Parbleu ! Est-ce que tout ce que je savais d'elle ne se rapportait pas à des bars ?

— Tu as besoin, n'est-ce pas, de te retremper dans ta sale atmosphère.

Parce que, cette atmosphère-là, je la haïssais soudain plus que tout au monde. Ces hauts tabourets sur lesquels elle croisait si naturellement les jambes ! Et son étui qu'elle tirait de son sac, la cigarette, la cigarette au bout maculé de rouge gras, dont elle ne pouvait pas plus se passer que du cocktail dont elle surveillait la préparation, son regard, ensuite, examinant les hommes les uns après les autres, en quête d'un hommage dont elle avait faim...

Je lui ai pris les deux poignets, sans m'en rendre compte. Je l'ai mise debout d'une secousse.

— Avoue que cela te manquait déjà... Avoue que tu avais envie de rencontrer Boquet... Mais avoue donc...

Je la serrais à lui faire mal. Je ne savais plus si je l'aimais ou si je la haïssais.

— Avoue !... Je suis si sûr d'avoir raison... Il fallait que tu ailles te refrotter à lui...

Elle aurait pu nier. C'est ce que j'attendais d'elle. Je crois que je m'en serais contenté. Elle a baissé la tête. Elle a balbutié :

— Je me le demande... Peut-être...

— Tu avais besoin de te frotter à lui ?

J'imprimais de dures secousses à ses poignets et je voyais que je lui faisais mal, qu'elle avait peur, qu'elle regardait parfois machinalement vers la porte.

Je crois que, dès ce jour-là, dès ce moment-là, j'ai failli frapper. J'étais ému, pourtant. J'en avais pitié, car elle était toute pâle, le visage marqué par l'angoisse et par la fatigue. Sa cigarette était tombée sur le tapis et elle essayait de l'éteindre avec le pied, par crainte de l'incendie. Je m'en suis aperçu et cela a augmenté ma rage de voir qu'elle pouvait, à cet instant, s'occuper d'un pareil détail.

— Tu avais besoin d'un homme, hein ?

Elle hocha la tête, tristement.

— Avoue...

— Non...

— Tu avais besoin de boire...

— Peut-être...

— Tu avais besoin qu'on s'occupe de toi... Tu as toujours besoin que les hommes s'occupent de toi, et tu serais capable d'arrêter un agent de police dans la rue et de lui raconter n'importe quoi pour qu'il te fasse la cour.

— Tu me fais mal...

— Tu n'es qu'une putain...

En lâchant le mot, j'ai donné une secousse plus forte que les autres et je l'ai envoyée rouler par terre. Elle n'a pas protesté. Elle est restée ainsi, en tendant un bras replié devant son visage par peur des coups qu'elle attendait.

— Lève-toi...

Elle m'obéissait lentement, en me fixant avec une espèce d'épouvante, mais il n'y avait pas de haine dans son regard, ni de rancune.

Tout cela, je m'en rendais compte peu à peu et j'en étais stupéfait. Je venais de me conduire comme une brute et elle l'acceptait. Je venais de l'injurier et elle ne relevait pas l'injure.

Elle a balbutié quelque chose comme :

— Ne me fais pas de mal...

Alors, je me suis immobilisé, j'ai dit d'une voix qui devait encore ressembler à ma voix de tout à l'heure...

— Viens ici...

Elle a hésité un instant. Elle s'est avancée enfin, en se protégeant toujours le visage de son bras. Elle était persuadée que je frapperais. Mais elle venait, mon juge. Elle venait, voilà !

Et il y avait trois jours que nous nous étions rencontrés pour la première fois.

Je ne voulais pas la battre, au contraire. Je voulais qu'elle vînt d'elle-même. Quand elle a été tout près de moi, j'ai écarté son bras et je l'ai serrée contre ma poitrine, à l'étouffer, tandis que des larmes jaillissaient de mes yeux.

J'ai balbutié à son oreille, toute chaude contre mon visage :

— Pardon...

Nous étions debout, enlacés, à deux pas du lit.

— Tu l'as vu ?

— Qui ?

Tout cela n'était qu'un chuchotement.

— Tu sais bien...

— Non... Il n'était pas là...

— Et s'il avait été là...

— Je lui aurais dit que je n'allais pas chez lui...

— Mais tu aurais accepté de boire avec lui...

— Peut-être...

Elle parlait bas comme à confesse. Je ne voyais pas son regard, qui devait passer par-dessus mon épaule.

— A qui as-tu parlé ?

— A personne...

— Tu mens... Quelqu'un t'a désigné le *Chêne Vert*...

— C'est vrai. Mais je ne connais pas son nom...

— Il t'a offert à boire ?

— Je crois... Oui...

Et j'étais soudain triste, mon juge. D'une tristesse tendre. J'avais l'impression de serrer dans mes bras une enfant malade. Elle était menteuse. Elle était vicieuse.

Elle était quand même venue vers moi alors qu'elle croyait que j'allais la meurtrir. A son tour, elle balbutiait :

— Pardon...

Puis ces mots dont je me souviendrai toujours, ces mots qui la rattachaient plus que quoi que ce soit à l'enfance :

— Je ne le ferai plus...

Elle avait envie de pleurer, elle aussi, mais elle ne pleurait pas. Elle se tenait immobile par crainte, j'en suis sûr, de déchaîner à nouveau mes démons, et moi je l'entraînais doucement vers le lit qui gardait la trace de son corps.

Elle a encore balbutié, peut-être avec un certain étonnement :

— Tu veux ?

Je voulais, oui. Mais pas comme à Nantes. Je voulais la sentir à moi. Je voulais que sa chair fût intimement mêlée à la mienne, et c'est lentement, en pleine conscience, la gorge serrée par l'émotion, que je prenais possession d'elle.

J'ai compris tout de suite ce qui la préoccupait, ce qui mettait une inquiétude dans son regard. Elle avait peur de me déplaire. Elle était déroutée par ma caresse paisible et comme détachée de toute idée de volupté.

Après un long moment, j'ai entendu un chuchotement :

— Est-ce que je dois ?...

J'ai dit non. Ce n'était pas son corps haletant, en quête d'une délivrance qu'elle ne trouvait pas, ce n'étaient pas ses yeux hagards, sa bouche ouverte comme pour un cri de désespoir que je désirais aujourd'hui. Cela, d'ailleurs, j'avais décidé de ne plus le vouloir. Cela, les autres l'avaient eu. C'était l'ancienne Martine, celle des cocktails, des cigarettes et des bars.

Son plaisir, ce soir-là, m'importait peu. Le mien aussi. Ce n'était pas le plaisir que je cherchais.

Ce que je voulais, c'était, lentement, avec, je le répète, la pleine conscience de mon acte, l'imprégner de ma substance, et mon émotion était celle d'un homme qui vit l'heure la plus solennelle de son existence.

Je prenais, une fois pour toutes, mes responsabilités. Non seulement les miennes, mais les siennes. Je prenais sa vie en charge, avec son présent et son passé, et c'est pourquoi, mon juge, je l'étreignais presque tristement.

Elle est restée calme et grave. Quand elle a senti que je m'étais fondu en elle, sa tête s'est légèrement détournée sur l'oreiller, sans doute pour cacher ses larmes. Sa main a cherché la mienne, a pressé mes doigts avec la même lenteur et la même tendresse que je venais de mettre à l'étreindre.

Nous sommes restés longtemps ainsi, silencieux, et maintenant nous entendions Mme Debeurre qui allait et venait en bas, faisait du bruit exprès, indignée sans doute de notre long tête-à-tête.

Son manège par trop clair a fini par nous amuser, car la bonne femme en arrivait à venir de temps en temps écouter au bas de l'escalier, comme inquiète de ne plus entendre nos voix. Etait-ce parce qu'elle avait entendu la chute de Martine sur le plancher ?

Je me suis dégagé, calmement.

— J'allais oublier de t'en parler... Tu es invitée à passer la soirée de Noël à la maison...

Moi qui m'étais imaginé que j'allais crier ces mots dans un grand mouvement d'allégresse ! Voilà que j'en parlais le plus simplement du monde, comme d'un événement fortuit.

— Autre chose : après les fêtes, sans doute dès le lendemain du nouvel an, tu travailleras avec moi comme assistante.

Tout cela était déjà dépassé.

— Il faut que je parte...

Elle s'est levée. Elle a arrangé un peu ses cheveux avant de venir vers moi, de me poser les deux bras

sur les épaules et de me tendre les lèvres d'un mouvement naturel.

— Bonsoir, Charles...

— Bonsoir, Martine...

Elle avait une voix grave, ce soir-là, une voix qui
me remuait au plus profond de moi, et pour l'entendre encore, j'ai répété :

— Bonsoir, Martine...

— Bonsoir, Charles...

Mon regard a fait le tour de la pièce où je la
laissais. J'ai balbutié :

— Demain...

Elle ne m'a pas demandé à quelle heure, et cela
signifiait qu'elle m'attendrait toute la journée, qu'à
l'avenir elle m'attendrait toujours.

Il fallait que je m'en aille vite, car mon émotion
était trop forte et je ne voulais plus m'attendrir,
j'avais besoin d'être seul, de retrouver l'obscurité
fraîche de la rue, la solitude des avenues désertes.

Elle m'a ouvert la porte. Je ne sais pas comment
nous sommes parvenus à nous détacher l'un de
l'autre. J'avais déjà descendu quelques marches
quand elle a répété, exactement de la même voix
que les fois précédentes, comme une incantation —
et c'est devenu en effet, dès ce soir-là, une sorte
d'incantation :

— Bonsoir, Charles...

Peu nous importait que Mme Debeurre fût à
l'écoute derrière sa porte entrouverte.

— Bonsoir, Martine...

— Je n'irai plus, tu sais...

Je me précipitai. J'avais tout juste le temps
d'atteindre ma voiture et de me mettre au volant
pour pleurer à chaudes larmes et, en conduisant, je
voyais les lumières des becs de gaz et des quelques
voitures qu'il m'arrivait de croiser tellement trou-
bles que j'ai dû m'arrêter un bon moment au bord
d'un trottoir.

Un agent s'est approché, s'est penché, m'a
reconnu.

— Une panne, docteur ?

Je ne voulais pas lui montrer mon visage. J'ai tiré

mon agenda de ma poche. J'ai feint de le consulter alors que je n'en voyais seulement pas les pages.

— Non... Je vérifie une adresse...

8

Nous avons passé Noël en famille, Armande, ma mère, mes filles, Martine, mon ami Frachon et moi. Frachon est un célibataire déplumé qui n'a aucune famille à La Roche — il prend justement ses repas au *Chêne Vert* — et que nous avons l'habitude, depuis des années, d'inviter au réveillon. Armande a reçu un bijou, un clip en platine dont elle avait envie depuis un certain temps. Elle porte rarement des bijoux, mais elle aime en posséder, et je crois que la première fois que je l'ai vue perdre son sang-froid et se laisser aller jusqu'à sangloter c'est le jour où, voulant lui offrir un cadeau sans importance, je lui avais acheté des perles japonaises. Je ne prétends pas qu'elle soit avare. Le serait-elle que je ne me reconnaîtrais pas le droit de m'en plaindre ou de lui en garder rancune, car chacun a le vice qu'il peut. Elle aime posséder de belles choses, des choses de valeur, quitte à ne jamais les sortir de ses tiroirs.

Je n'avais rien acheté de coûteux pour Martine, par crainte d'attirer l'attention. J'ai poussé la prudence jusqu'à prier ma femme d'acheter pour elle deux ou trois paires de bas de soie.

On a évoqué ce Noël si paisible aux Assises. Je ne sais plus si vous étiez présent. L'avocat général a flétri mon *cynisme*, m'accusant d'avoir, *par des moyens ignobles et hypocrites, introduit ma concubine sous le toit familial*.

Je n'ai pas protesté. Je n'ai jamais protesté et pourtant, à maintes reprises, j'ai eu la sensation nette que ces gens-là — y compris mes propres avocats, que je mets dans le même sac — ne pouvaient pas être de bonne foi. Il y a des limites à la bêtise ou à la candeur. Entre médecins, nous ne parlons pas de la maladie et de la guérison comme nous en parlons à nos clients. Et, quand il s'agit de l'honneur, de la liberté de l'homme — je m'en moquais personnellement, puisque je plaidais coupable, parfois contre eux —, quand il s'agit de l'honneur d'un homme, dis-je, on ne se gargarise pas de phrases de morale pour patronages.

Mon crime ? Après une heure de débats, déjà, j'avais compris qu'il était et resterait légué au second plan, qu'il en serait question le moins possible. Mon crime était gênant — choquait — et il n'appartenait pas à cette catégorie de choses qui peuvent vous arriver, qui vous pendent sous le nez. Ce sentiment était si visible que je n'aurais pas été étonné d'entendre un de ces messieurs déclarer :

— Bien fait pour elle !

Mais ma « concubine sous le toit conjugal », mais ce Noël si calme et si austère, si heureux... Mais oui, mon juge, si heureux. Armande, qui ne se doutait encore de rien, a passé la soirée à taquiner Frachon, qui est son souffre-douleur attitré et qui s'en montre enchanté. J'ai joué et bavardé longtemps avec mes filles pendant que maman parlait à Martine de notre vie à Ormois — et sur ce terrain elle est intarissable.

Nous nous sommes tous embrassés à minuit et, auparavant, j'étais allé discrètement dans la salle à manger allumer les bougies de l'arbre et poser le champagne glacé sur la table. J'ai embrassé Martine la dernière. Cette nuit-là, n'est-ce pas, on a le droit d'embrasser tout le monde, et je l'ai fait chastement, je vous jure, sans insistance déplacée.

Pourquoi, dites-moi, quand il a fallu aller se coucher, ma femme ne serait-elle pas montée de son côté pendant que j'accompagnerais Martine dans sa chambre au lieu d'envoyer Frachon la reconduire ?

Ne vous récriez pas, mon juge. Je n'ai pas fini et c'est une question que je voudrais depuis longtemps traiter à fond. J'ai demandé pourquoi et j'explique le sens de ma question. Il y avait des mois, à cette époque-là, on pourrait dire des années, qu'Armande et moi n'avions plus de rapports sexuels. Car, pendant les dernières années, si cela nous était arrivé de temps en temps, c'était plutôt par raccroc, à tel point qu'après elle en était gênée.

Cette question sexuelle n'a jamais été débattue entre nous, je veux dire entre elle et moi. Il n'en a pas moins été évident pour chacun de nous, dès le début de notre mariage, que nous n'étions pas attirés charnellement l'un vers l'autre.

Elle s'est accommodée de cette demi-chasteté, soit. De mon côté, s'il m'est arrivé de prendre de banales distractions au-dehors, je n'en ai pas parlé, cela n'en valait pas la peine. Je ne voulais pas que cela en valût la peine, parce que j'ai été élevé dans le respect de ce qui existe, de ce qui est : respecter une chose, non parce qu'elle est respectable, mais parce qu'elle est.

C'est au nom de ce principe, en somme, que parlaient, eux aussi, ces messieurs du tribunal.

Or ma maison *était*, ma famille *était* et, pour sauvegarder l'une et l'autre, je me suis astreint pendant des années à vivre comme un automate plutôt que comme un homme, au point d'avoir parfois une envie presque irrésistible de m'asseoir sur le premier banc venu et de n'en plus bouger.

A la barre des témoins, Armande a dit, et cette fois, vous étiez présent, je vous ai aperçu dans la foule :

— Je lui ai donné dix ans de ma vie et, s'il devient libre demain, je suis prête à lui donner le reste...

Non, mon juge, non ! Qu'on soit de bonne foi. Ou qu'on réfléchisse avant de prononcer des phrases comme celle-là, qui font courir un petit frisson d'admiration dans l'auditoire.

Remarquez que je suis persuadé aujourd'hui qu'Armande n'a pas parlé ainsi pour faire impression sur les magistrats, sur le public ou sur la presse. J'ai mis du temps à y croire, mais je suis désormais prêt à plaider sa bonne foi.

Et c'est bien le plus effroyable : qu'il puisse exister

pendant des années, entre gens qui vivent ensemble, d'aussi irrémédiables malentendus.

En quoi, dites-moi, en quoi *elle m'a donné dix ans de sa vie* ? Où sont-ils ces dix ans-là ? Qu'en ai-je fait ? Où les ai-je mis ? Pardonnez-moi cette plaisanterie amère. Ces dix ans-là, voyons, elle les a vécus, vous n'allez pas prétendre le contraire. Elle est rentrée chez moi pour les vivre et, justement, pour les vivre de cette façon-là. Je ne l'y ai pas forcée. Je ne l'ai pas trompée sur le sort qui l'attendait.

Ce n'est pas ma faute si les usages ou les lois veulent que, quand un homme et une femme entrent dans une maison, eussent-ils l'un et l'autre dix-huit ans, pour y vivre ensemble, ils s'engagent solennellement à vivre de la même façon jusqu'à la mort.

Pendant ces dix ans-là, non seulement elle a vécu sa vie à elle, mais elle nous l'a imposée à tous. En aurait-il d'ailleurs été autrement, aurions-nous été à égalité que j'aurais encore pu lui répondre :

— Si tu m'as donné dix ans de ta vie, je t'ai donné dix ans de la mienne. Nous sommes quittes.

Elle n'a pas toujours fait ce qu'elle aurait voulu pendant ces années-là ? Elle s'est occupée de mes filles ? Elle m'a soigné pendant une courte maladie ? Elle a renoncé à certains voyages qu'elle aurait aimé faire ?

Moi aussi. Et, parce que je n'avais aucun goût pour sa chair, j'ai pour ainsi dire renoncé à la chair. J'attendais des semaines, parfois, pour m'en passer l'idée, à la sauvette, avec Dieu sait qui, dans des conditions dont j'ai honte aujourd'hui.

J'en suis arrivé à envier les gens qui ont une passion de secours, le billard, par exemple, les cartes, les matches de boxe ou le football. Ces gens-là, tout au moins, savent qu'ils appartiennent à une sorte de confrérie et, grâce à cela, si ridicule que cela paraisse, ils ne se sentent jamais tout à fait isolés ou désemparés dans la vie.

Elle a dit :

— Quand il a introduit cette personne dans ma maison, j'ignorais que...

Sa maison. Vous l'avez entendue comme moi. Elle n'a pas dit notre maison. Elle a dit sa maison.

Sa maison, sa bonne, son mari...

Voilà le mot de l'énigme, mon juge, car il faut bien croire qu'énigme il y a, puisque personne n'a compris ou paru comprendre. Elle n'allait pas jusqu'à parler de *ses* malades, mais elle prononçait *nos* malades, et elle me questionnait sur eux, sur le traitement que je leur faisais suivre, elle me donnait son avis — souvent pertinent, d'ailleurs — sur le chirurgien auquel je devais les envoyer pour une intervention.

Tenez ! Je viens de parler de faire partie d'une confrérie. Il y en a une, une seule, à laquelle j'appartiens par la force des choses : c'est le corps médical. Or, parce que tous les médecins que nous fréquentions étaient nos amis, c'est-à-dire ceux d'Armande plus que les miens, je n'ai jamais ressenti ce sentiment de solidarité qui m'aurait parfois réconforté.

Elle a cru bien faire, je le sais. La connaissant comme je la connais à présent, je pense que ce serait un déchirement pour elle de s'apercevoir qu'elle n'a pas toujours agi dans le sens de la perfection.

Elle était persuadée, comme les juges, comme tous ceux qui ont assisté à mon procès, que je suis un lâche, que c'est par lâcheté que j'ai organisé ce Noël dont le souvenir lui fait encore si mal, par lâcheté encore que j'ai employé des ruses, disons le mot, pour imposer chez moi la présence de Martine.

Chez moi, vous entendez ? J'y tiens. Parce qu'enfin il me semble que j'étais chez moi aussi ?

Et j'ai employé des ruses, en effet. Seulement, on aurait tort de me les reprocher, car c'est à moi qu'elles ont été le plus pénibles, c'est moi qu'elles ont le plus humilié.

Pas seulement à moi, mais à Martine, à Martine plus qu'à moi encore.

On a feint de traiter celle-ci en aventurière, ce qui est fort pratique. On n'a pas osé dire le mot nettement, parce qu'alors, en dépit de mes deux gardes, j'aurais bondi par-dessus mon banc. Il n'en paraissait pas moins évident à tous qu'elle s'était introduite dans notre ménage par intérêt.

Une fille, mon juge, qui sortait d'une bonne famille, certes — ces messieurs n'oublient jamais, en passant, de saluer la famille, comme au cimetière, parce qu'entre gens du même monde on se doit certaines civilités —, une fille de bonne famille, mais une dévoyée qui, pendant quatre ans, avait travaillé un peu partout et qui avait couché avec des hommes.

Je ne dis pas qui avait eu des amants. Elle n'en a pas eu avant moi. Je dis coucher avec des hommes, comme moi j'avais couché avec des femmes.

Mais il ne s'agit pas de cela maintenant et, au surplus, il n'y a personne que cela regarde, sinon moi.

Elle arrivait Dieu sait d'où, elle débarquait dans notre ville honnête, avec son méchant tailleur trop léger, ses deux valises et son teint anémique, et voilà qu'elle s'introduisait sans vergogne dans une maison bien chauffée, bien éclairée, à la table bourgeoisement garnie, voilà qu'elle devenait du jour au lendemain l'assistante d'un médecin, presque l'amie de sa femme qui se dérangeait pour lui acheter un cadeau de Noël.

C'est terrifiant de penser que nous sommes tous des hommes, tous à courber plus ou moins les épaules sous un ciel inconnu, et que nous nous refusons à faire un tout petit effort pour nous comprendre les uns les autres.

Mais, mon juge, d'entrer ainsi chez nous par la petite porte, d'entrer chez nous grâce à tout un écheveau de mensonges que je lui imposais, c'était pour elle non seulement la pire humiliation, mais le sacrifice de tout ce qu'elle pouvait encore considérer comme sa personnalité.

Qu'elle ait travaillé, par exemple, chez Raoul Boquet. Supposons qu'elle soit devenue sa maîtresse, ce qui serait probablement arrivé. Toute la ville l'aurait su, soit, car ce n'est pas la délicatesse qui étouffe le directeur des Galeries. Elle aurait fait partie, du jour au lendemain, du petit groupe du

Poker-Bar. Elle y aurait eu des amis, des amies, vivant comme elle, fumant et buvant comme elle, l'aidant à considérer son existence comme naturelle.

Le *Poker-Bar* ? Moi-même, mon juge, il m'est arrivé, avant de connaître Martine, de regarder ses lumières crémeuses avec nostalgie et d'avoir envie d'en devenir un des piliers.

Avoir un rond de lumière où se réfugier, comprenez-vous ? Où se réfugier tout en étant soi-même, parmi des gens qui vous laissent croire que vous êtes quelqu'un.

Chez moi, elle n'était rien. Pendant trois semaines, elle a vécu dans la terreur d'un regard soupçonneux d'Armande, et cette hantise a fini par devenir si forte que j'ai été obligé de soigner ses nerfs.

Même sur le plan professionnel, elle renonçait à se raccrocher à la simple satisfaction d'elle-même qui est accordée au dernier des travailleurs. Elle était, avant de me connaître, une excellente secrétaire. Par contre, elle ne connaissait rien à la profession médicale. Je n'avais pas le temps de la mettre au courant. Ce n'était pas pour cela que je la voulais près de moi.

Je l'ai vue penchée, des journées durant, dans un coin de mon bureau, sur de vieux dossiers qu'elle devait faire semblant de classer.

Lorsque Armande lui adressait la parole, c'était le plus souvent, maintenant qu'elle était à notre service, pour la prier de téléphoner à la couturière ou à un fournisseur.

Nous nous cachions, soit. Et il nous est arrivé souvent de mentir.

Par charité, mon juge !

Parce que, à cette époque-là, j'étais encore naïf, parce qu'à quarante ans je ne connaissais rien de l'amour et que je me figurais que je pourrais être enfin heureux sans rien retirer aux autres.

Il me semblait qu'avec un peu de bonne volonté il serait si facile d'arranger les choses ! Nous faisions notre part, Martine et moi, puisque, justement, nous consentions à nous cacher et à mentir.

N'aurait-il pas été légitime que d'autres fissent leur effort aussi ?

Etait-ce ma faute si j'avais autant besoin que de l'air que je respirais d'une femme que je ne connaissais pas quinze jours auparavant, que je n'avais pas cherché à connaître ?

Qu'une maladie soit venue soudain mettre mes jours en danger, on aurait dérangé pour moi les plus grands spécialistes, on aurait bouleversé l'ordonnance et les habitudes de la maison, chacun y aurait mis du sien, on m'aurait envoyé en Suisse ou ailleurs, que sais-je, on aurait poussé le sens du devoir — ou de la pitié — jusqu'à me promener dans une petite voiture.

Il m'était arrivé quelque chose de différent, mais d'aussi grave. Ma vie était pareillement en jeu. Je ne fais pas de romantisme. Je parle de ce que je sais, moi, mon juge. Pendant des semaines j'ai passé mes nuits sans elle. Pendant des semaines, elle regagnait son logement à l'heure des repas. J'avais en outre mes malades à visiter.

Pendant des semaines, dix fois par jour et par nuit, j'ai ressenti ce vide déchirant dont je vous ai parlé, au point de devoir m'immobiliser, une main sur la poitrine, l'œil anxieux, comme un cardiaque. Et vous croyez que j'aurais pu le supporter sans interruption, sans espoir, jour après jour, du matin au soir et du soir au matin ?

Mais enfin, de quel droit, dites-le-moi, m'aurait-on demandé ça ? Ne me parlez pas de mes filles. C'est un argument trop facile. Les enfants n'ont rien à voir dans ces questions-là, et j'ai rencontré dans ma clientèle assez de ménages désunis ou imparfaits pour savoir qu'ils n'en souffrent nullement, sauf dans les romans populaires.

Ma mère ? Allons ! Avouons tout crûment, car les mamans ne sont pas toujours des saintes, qu'elle jubilait à l'idée qu'il y avait enfin quelqu'un sur la terre pour secouer, fût-ce en se cachant, le joug de sa bru.

Reste Armande et ses dix ans. Je sais.

Alors posons la question autrement. J'en aimais

une autre. C'est un fait. Il était trop tard pour revenir là-dessus. Je ne pouvais plus m'extirper cet amour-là de la peau.

En supposant même que j'aie aimé Armande autrement, je ne l'aimais plus.

C'est encore un fait. C'est clair, n'est-ce pas ?

Donc, le coup, si coup il y a, avait été porté. Car enfin, la douleur, quand on aime, vient de n'être plus aimé, puis de savoir celui qu'on aime en aimer une autre.

Tout cela, c'était fait, mon juge.

Remarquez que j'accepte ici l'hypothèse extrême, que je feins d'admettre qu'Armande m'avait vraiment aimé d'amour et m'aimait encore.

Alors, dans mon esprit, en mon âme et conscience, son attitude devient hallucinante de férocité. Toujours au nom de l'amour, bien entendu.

— Tu ne m'aimes plus. Tu en aimes une autre. Tu as besoin de sa présence. Cependant, parce que moi, je t'aime encore, j'exige que tu y renonces et que tu restes avec moi.

Rester avec un être qu'on n'aime plus et qui vous inflige la plus atroce des douleurs, comprenez-vous ça ? Imaginez-vous les tête-à-tête, le soir, sous la lampe, sans oublier le moment où les deux êtres dont je vous parle se glissent dans le même lit et se souhaitent le bonsoir ?

Eh bien ! en écrivant ceci, à cause de certains mots, de certaines images qu'ils évoquent pour moi, je viens tout à coup de l'admettre. Mais à la condition d'accepter pour un fait indiscutable l'amour d'Armande, un amour total, égal au mien.

Or, je n'y crois pas. Une femme qui aime ne dit pas :

— « ... dans ma maison... sous mon toit... »

Une femme qui aime d'amour ne parle pas de ses dix ans de sacrifice.

Elle a peut-être cru m'aimer, voyez-vous, mais moi, maintenant, mon juge, je m'y connais.

Aurait-elle pu, autrement, prononcer, en s'adressant à moi :

— Si seulement tu t'étais contenté de la voir dehors...

Aurait-elle parlé d'humiliation ?

Je vous jure, mon juge, que, moi, j'étudie le problème honnêtement, douloureusement et, si étrange que cela puisse paraître, c'est depuis que je suis ici, surtout, que je l'étudie sans parti pris.

Parce que, maintenant, d'autres questions autrement importantes ont reçu leur réponse, parce que je suis loin, très loin de tous ces petits personnages qui se raidissent ou gesticulent.

N'est-ce pas, Martine à moi, n'est-ce pas que nous avons fait beaucoup de chemin tous les deux, que nous avons parcouru, presque toujours serrés l'un contre l'autre, la plus longue des routes, celle au bout de laquelle on est enfin délivré ?

Dieu sait si nous nous y sommes engagés sans le savoir, innocemment, oui, mon juge, comme des enfants, car nous étions encore des enfants.

Nous ignorions où nous allions, mais nous ne pouvions pas aller ailleurs, et je me souviens, Martine, que certains jours, au moment où nous nous sentions le plus heureux, il t'arrivait de me regarder avec des yeux pleins d'effroi.

Tu n'étais pas plus lucide que moi, mais la vie t'avait battue plus durement. La jeunesse et ses cauchemars infantiles étaient plus proches de toi et ces cauchemars-là te poursuivaient encore jusque dans mes bras. Maintes fois, la nuit, tu as crié, le front en sueur, en te raccrochant à mes épaules, comme si elles seules pouvaient t'empêcher de glisser dans le vide, et je me souviens de ta voix, certaine nuit, quand tu répétais, au comble de la terreur :

— Eveille-moi, Charles. Eveille-moi vite...

Pardonne-moi, Martine, de m'occuper autant des autres, mais, vois-tu, c'est pour toi que je m'y contrains. Toi-même, il t'est arrivé de murmurer avec regret :

— Personne ne saura...

Et c'est pour elle, mon juge, pour que quelqu'un,

pour qu'un homme sache, que je vous écris, à vous, tout ceci.

Admettez-vous maintenant qu'il n'est pas question pour moi de mentir, ni de travestir le moins du monde la vérité ? Où je suis, où nous sommes, Martine et moi, car nous sommes ensemble, juge, on ne ment plus. Et si vous ne pouvez pas toujours suivre ma pensée, comprendre certaines idées qui vous choquent, ne vous dites pas que je suis fou, pensez simplement, humblement, que j'ai franchi un mur que vous franchirez peut-être un jour et derrière lequel on voit les choses autrement.

Je pense en écrivant ceci à vos coups de téléphone, au regard anxieux qu'il vous arrivait de poser sur moi, à la dérobée, en attendant ma réponse à certaines de vos questions. Je pense surtout à d'autres questions que vous brûliez de me poser et que vous ne m'avez jamais posées.

J'ai peu parlé de Martine, dans votre cabinet. Parce qu'il y a des sujets qu'on n'aborde pas devant un Me Gabriel ou devant un pauvre honnête homme comme votre greffier.

Je n'ai pas parlé du tout au procès, et cela a été diversement interprété. Je ne pouvais pourtant pas leur dire :

« Mais comprenez-vous donc que je l'ai délivrée... »

Je ne pouvais pas leur crier ces mots encore plus vrais, qui me montaient à la gorge et qui la déchiraient :

« Ce n'est pas elle que j'ai tuée. C'est l'autre... »

Sans compter que ç'aurait été faire leur jeu, leur donner ce qu'ils cherchaient à obtenir, pour la paix de leur esprit plus encore que de leur conscience, pour l'exemple, pour l'honneur du monde bourgeois auquel nous appartenons les uns et les autres. C'est du coup que mes confrères auraient signé des deux mains ce certificat d'aliénation mentale dont, aujourd'hui encore, ils s'acharnent à établir la légitimité et qui arrangeait tant de choses !

Nous ne savions pas, Martine et moi, où nous allions, et, pendant des semaines, par pitié, pour ne pas faire de peine, et aussi parce que nous ignorions encore la force dévorante de notre amour et ses exigences, nous avons vécu deux vies, nous avons vécu, plus exactement, une existence comme hallucinée.

Je la voyais arriver le matin, à huit heures, dans le froid livide de janvier. J'étais alors à prendre mon petit déjeuner dans la cuisine, tandis qu'Armande s'attardait en haut, dans l'appartement.

Martine était mal portante, à cette époque. Elle payait. Elle payait beaucoup de choses. Elle payait sans se plaindre, sans croire à l'injustice. En franchissant la grille, et tandis que ses pieds faisaient crisser le gravier, elle cherchait des yeux la fenêtre derrière laquelle je me trouvais et elle souriait sans me voir, faiblement, car on aurait pu l'observer d'en haut, elle souriait vaguement, tendrement, à un rideau.

Elle n'entrait pas par la grande porte, mais par le salon d'attente. C'était une décision d'Armande. J'en ignore la raison. Je ne veux pas la connaître. Je n'ai jamais protesté. Elle devait avoir l'air d'une employée, puisque c'était à ce titre qu'elle était dans la maison. Je n'en veux à personne, je vous assure.

Est-ce que Babette s'est aperçue de notre manège ? Je ne m'en suis pas inquiété. J'avalais mon reste de café, je faisais le tour par le vestibule et j'entrais dans mon cabinet, où elle avait eu le temps de passer sa blouse et où nous restions un moment à nous regarder avant de nous étreindre.

Nous n'osions pas parler, mon juge. Nos yeux seuls en avaient le droit. Je ne suis pas un maniaque de la persécution, vous pouvez le croire. Ma mère avait l'habitude de marcher à pas feutrés et on se heurtait souvent à elle là où on s'y attendait le moins.

Chez Armande, je pense que c'était non une manie, mais un principe. Mieux : un droit, qu'elle exerçait sans honte, son droit de maîtresse de maison qui était de tout connaître de ce qui se passait sous son toit. Il m'est arrivé de la surprendre derrière une porte, à écouter, et elle n'a jamais rougi, elle n'a pas manifesté la moindre gêne. Pas plus que si je l'avais vue donner des instructions à la bonne où régler le compte d'un fournisseur.

C'était son droit, son devoir. Passons. Nous avons accepté ça aussi. Et d'ouvrir aussitôt la porte au premier malade, parce que cette porte a toujours un peu grincé et qu'avec de l'attention on pouvait percevoir ce grincement d'en haut.

Pendant toute la matinée, il nous restait quelques regards à la dérobée, ses doigts que je frôlais quand elle me tendait le récepteur du téléphone ou qu'elle m'aidait à faire un point de suture, à laver une plaie, à maintenir un enfant immobile.

Vous connaissez les criminels, mais vous ne connaissez pas les malades. S'il est difficile de faire parler les premiers, il est difficile de faire taire les autres et vous ne pouvez savoir ce que c'est de les voir se succéder pendant des heures, tous hypnotisés par leur cas, par leurs bobos, par leur cœur, par leur urine, par leur caca. Et nous étions là tous les deux, à quelques pas l'un de l'autre, à entendre sempiternellement les mêmes mots, tandis que nous avions tant de vérités essentielles à nous dire.

Si l'on me demandait aujourd'hui à quoi on reconnaît l'amour, si je devais établir un diagnostic de l'amour, je dirais : « D'abord le besoin de présence. »

Je dis bien un besoin, aussi nécessaire, aussi absolu, aussi vital qu'un besoin physique.

« Ensuite la soif de s'expliquer. »

La soif de s'expliquer soi et d'expliquer l'autre, car on est tellement émerveillé, voyez-vous, on a tellement conscience d'un miracle, on a tellement peur de perdre cette chose qu'on n'avait jamais espérée, que le sort ne vous devait pas, qu'il vous a peut-être donnée par distraction, qu'à toute heure on éprouve le besoin de se rassurer et, pour se rassurer, de comprendre.

Une phrase prononcée la veille, par exemple, au moment de se quitter, dans la maison de Mme Debeurre. Elle me hante toute la nuit. Des heures durant, je l'ai tournée et retournée dans mon esprit pour en tirer la quintessence. J'ai eu l'impression, soudain, qu'elle m'ouvrait des horizons nouveaux, sur nous deux, sur notre incroyable aventure.

Et voilà que le matin Martine était là. Et qu'au lieu de pouvoir confronter tout de suite mes pensées avec les siennes, force m'était de vivre pendant des heures dans l'incertitude, dans l'angoisse.

Cela ne lui échappait pas. Elle trouvait le moyen de me souffler, entre deux portes ou derrière le dos d'un patient :

— Qu'est-ce que tu as ?

Et, malgré son regard anxieux, je répondais du bout des lèvres :

— Rien... Tout à l'heure...

La même impatience nous taraudait et, par-delà les clients, nous échangions des regards chargés de questions.

— En un mot ?...

Un mot seulement, pour la mettre sur la piste, parce qu'elle avait peur, parce que nous passions notre temps à avoir peur de nous et des autres. Mais comment exprimer ces choses-là d'un mot ?

— Ce n'est pas grave, je t'assure...

Allons ! Faites entrer le suivant, un kyste ou une angine, un furoncle ou une rougeole. Il n'y a que cela qui compte, n'est-ce pas ?

Toutes les heures de la journée mises bout à bout ne nous auraient pas suffi, et on s'acharnait à nous voler les moindres miettes de notre temps au point que, quand nous étions enfin seuls, à force de ruses ou de mensonges, ma foi, quand je la retrouvais chez elle après avoir inventé Dieu sait quoi pour expliquer ma sortie du soir, nous avions si faim l'un de l'autre que nous ne trouvions plus rien à nous dire.

Le grand problème, le problème capital, c'était de découvrir pourquoi nous nous aimions, et il nous a hantés longtemps, car de sa solution dépendait le plus ou moins de confiance que nous pouvions avoir en notre amour.

Cette solution, l'avons-nous trouvée ?

Je n'en sais rien, juge. Personne n'en saura jamais rien. Pourquoi, dès le premier soir de Nantes, après quelques heures que je qualifie volontiers de sordides, et alors que rien ne nous rapprochait, avons-nous éprouvé soudain cette faim l'un de l'autre ?

D'abord, voyez-vous, il y a eu ce corps raidi, cette bouche ouverte, ces yeux affolés qui ont été pour moi un mystère, puis une révélation.

J'avais détesté la petite habituée des bars, ses tics et son assurance, et ce qu'il y avait de raccrocheur dans les regards qu'elle lançait aux hommes.

Or, quand je l'ai tenue dans mes bras, la nuit, quand, intrigué parce que je ne comprenais pas, j'ai soudain fait la lumière, je me suis aperçu que j'étais en train d'étreindre cette petite fille.

Une petite fille qui avait le ventre couturé du pubis au nombril, c'est entendu, une petite fille qui avait couché avec des hommes, je pourrais vous dire maintenant avec combien d'hommes exactement, où, comment, dans quelles circonstances, dans quel décor même. Une petite fille néanmoins qui avait faim de la vie et que raidissait « une peur bleue » de la vie, pour employer un mot de ma mère.

De la vie ? De la sienne, en tout cas, peur d'elle-même, de ce qu'elle considérait comme elle-même, et je vous jure qu'elle se jugeait avec une terrible humilité.

Toute petite déjà elle avait peur, toute petite elle se considérait comme faite autrement que les autres, comme moins bien que les autres, et c'est pour cela, voyez-vous, qu'elle s'était fabriqué peu à peu une personnalité à l'image des personnages de magazines et de romans.

Pour ressembler aux autres. Pour se rassurer.

Comme moi, juge, je serais allé jouer au billard ou à la belote.

Y compris les cigarettes, les bars, les hauts tabourets et les jambes croisées, y compris cette familiarité agressive avec les barmen, cette coquetterie avec les hommes, quels qu'ils fussent.

— Je ne suis quand même pas si moche que ça...

C'était son mot au début. Elle le répétait à satiété, elle reprenait sans cesse la même question, à tous propos :

— Est-ce que je suis vraiment si moche que ça ?

Pour ne pas se sentir moche, dans sa ville natale de Liège, où la fortune de ses parents ne lui permettait pas de se sentir à égalité avec ses amies, elle est partie, toute seule, faisant la brave, et elle a obtenu un petit poste à Paris.

Pour ne pas se sentir moche, elle s'est mise à fumer et à boire. Et, dans un autre domaine aussi, plus difficile à aborder, même dans cette lettre qui ne s'adresse qu'à vous, juge, elle se sentait moche.

Toute petite fille, à dix ans, invitée par des amies plus riches chez qui ses parents étaient très fiers de l'envoyer, elle a assisté à leurs jeux qui n'étaient pas tout à fait innocents.

J'ai dit des amies plus riches et j'insiste. Il s'agissait de gens dont elle entendait ses parents parler avec une admiration non exempte d'envie, avec aussi le respect que dans certaines classes sociales on voue aux classes supérieures. Et quand elle a pleuré, sans oser avouer pourquoi, quand elle a refusé de retourner, la semaine suivante, chez ces mêmes amies, on l'a traitée de petite folle et on a usé d'autorité.

Tout cela est vrai, juge. Il y a des accents qui ne trompent pas. Je ne me suis pas contenté de cette vérité-là. Je suis allé sur place. Il n'y a rien d'elle que je ne me sois obstiné à connaître, y compris les moindres décors où elle avait vécu.

Je suis allé à Liège. J'ai vu le couvent des Filles de la Croix, où elle a été pensionnaire, en jupe bleue à plis, en chapeau rond à large bord. J'ai vu sa classe, son banc et, sur les murs, encore, et signés de sa main malhabile, de ces ouvrages compliqués de broderie que l'on fait faire aux enfants.

J'ai vu ses cahiers, j'ai lu ses compositions, je connais par cœur les notes à l'encre rouge de ses institutrices. J'ai vu ses photographies à tous les âges, photographies de fin d'année, à l'école, avec les élèves dont je connais les noms, photographies de famille, à la campagne, oncles, tantes, cousins qui me sont devenus plus familiers que ma propre famille.

Qu'est-ce qui m'a donné le désir, qu'est-ce qui a créé chez moi le besoin de connaître tout cela alors que, par exemple, je n'ai jamais eu pareilles curiosités en ce qui concerne Armande ?

Je pense que c'est, mon juge, la découverte que j'ai faite, sans le vouloir, de sa véritable personnalité. Mettons l'intuition que j'en ai eue. Et, ce que j'ai découvert, c'est presque contre elle que je l'ai découvert, malgré elle, parce qu'elle en avait honte.

J'ai travaillé des semaines, je dis bien travaillé, à la délivrer de la honte. Et pour cela il fallait que je la fouille dans ses moindres recoins.

Au début, elle mentait. Elle mentait comme une petite fille qui raconte fièrement à ses compagnes des histoires de sa bonne alors qu'il n'y a pas de domestique à la maison.

Elle mentait et, patiemment, je démêlais tous ses mensonges, je la forçais à les avouer les uns après les autres, j'avais un écheveau compliqué à débrouiller, mais je tenais le bout du fil et je ne le lâchais pas.

A cause de ses petites amies riches et vicieuses, à cause de ses parents qui s'obstinaient à l'envoyer chez elles, parce qu'il s'agissait d'une des familles les plus considérables de la ville, elle a pris l'habitude, certains soirs, de s'étendre sur le ventre, dans la solitude de son lit, et de se raidir pendant des heures, à la recherche farouche d'un spasme qui ne venait pas.

Physiologiquement, elle était précoce, puisqu'elle était femme à onze ans. Pendant des années, elle a connu cette recherche désespérante d'un soulagement impossible, et la bouche ouverte que j'ai vue à Nantes, juge, ces yeux révulsés, ce cœur qui battait à cent quarante, c'était l'héritage de la petite fille.

Les hommes n'avaient fait que remplacer la raideur solitaire. Et c'était toujours pour être comme les autres, pour se sentir enfin comme les autres, qu'elle était allée les chercher.

A vingt-deux ans. Car, à vingt-deux ans, elle était encore vierge. Elle espérait encore.

Ce qu'elle espérait ? Ce qu'on nous a appris, ce qu'on lui avait appris à espérer, le mariage, les enfants, la maison quiète, tout ce que les gens appellent le bonheur.

Mais elle était, à Paris, loin des siens, une petite fille de bonne famille, sans argent.

Alors, mon juge, un jour de lassitude, un jour d'inquiétude, la petite fille a voulu faire comme les autres.

Sans amour, sans poésie vraie ou fausse, sans vrai désir, et, pour ma part, je trouve cela tragique.

Elle a recommencé avec un étranger, avec un corps qu'elle ne connaissait pas contre le sien, ses expériences de petite fille et, parce qu'elle voulait à toutes forces réussir, parce que tout son être était en quête de soulagement, l'homme a cru qu'elle était une amante.

Les autres aussi, mon juge, qui se sont succédé et dont pas un, vous m'entendez bien, pas un, n'a compris qu'elle cherchait dans leurs bras une sorte de délivrance, dont pas un n'a soupçonné qu'elle sortait de leur étreinte avec la même amertume et le même écœurement que de ses expériences solitaires.

Est-ce parce que, le premier, j'ai eu cette révélation, que je l'ai aimée et qu'elle m'a aimé ?

J'ai compris d'autres choses, par la suite, les unes après les autres. C'était comme un chapelet que je dévidais peu à peu.

Ce rond de lumière chaude dont chacun de nous a besoin, où le trouver quand on vit seul dans une grande ville ?

Elle a découvert les bars. Elle a découvert les cocktails. Et la boisson lui a donné pour quelques heures cette confiance en elle dont elle avait tant besoin. Et les hommes qu'elle rencontrait dans ces endroits-là étaient tout prêts à l'aider à croire en elle.

Ne vous ai-je pas avoué que j'aurais pu devenir un des piliers du *Poker-Bar*, que j'en ai eu la tentation ? Moi aussi, j'aurais trouvé là des admirations faciles qui m'étaient refusées chez moi, moi aussi j'y aurais trouvé des femmes qui m'auraient donné l'illusion de l'amour.

Mais elle était plus humble que moi, en somme. Je parvenais encore à me replier sur moi-même alors qu'elle en était incapable.

Et quelques verres d'alcool, mon juge, quelques compliments, un vague semblant d'admiration et de tendresse lui enlevaient toute résistance.

N'avons-nous pas tous fait la même chose, vous, moi, tous les hommes, les plus intelligents et les plus intègres ? Ne nous est-il pas arrivé d'aller chercher dans les endroits les plus vils, dans les caresses les plus intéressées, un peu d'apaisement ou de confiance en nous ?

Elle a suivi des inconnus, ou presque. Elle a pénétré dans des chambres d'hôtel. Des hommes l'ont caressée dans leur auto ou en taxi.

J'en ai fait le compte, je vous l'ai dit. Je les connais tous. Je sais exactement quels gestes ils ont accomplis.

Comprenez-vous que nous ayons eu un si impérieux besoin de nous parler et que les heures vides, les heures qu'on nous volait étaient atroces ?

Non seulement elle ne trouvait pas l'apaisement désiré, non seulement elle cherchait en vain cette confiance en elle-même qui lui aurait donné un semblant d'équilibre, mais elle gardait assez de lucidité pour avoir conscience de son avilissement progressif.

Quand elle est venue à La Roche, mon juge, quand je l'ai rencontrée à Nantes, sous la pluie, dans une gare où nous venions tous les deux de rater notre train, elle était à bout de forces, elle ne luttait plus, elle était résignée à tout, y compris au dégoût de soi-même.

Elle était — pardon du blasphème, Martine, mais

toi, tu me comprends —, elle était comme une femme qui, pour avoir enfin la paix, entre en maison.

Le miracle, c'est que je l'aie rencontrée, c'est ce double retard qui nous a mis face à face, le miracle, c'est surtout que moi, qui ne suis pas particulièrement intelligent, qui ne me suis guère penché, comme l'ont fait certains de mes confrères, sur des problèmes de cette sorte, c'est que moi, dis-je, Charles Alavoine, au cours d'une nuit où j'étais ivre, où elle l'était aussi, où nous avions traîné salement notre dégoût dans les rues souillées par la pluie, j'aie compris, soudain.

Pas même compris. Je n'ai pas compris tout de suite. Mettons, pour être exact, que j'aie entrevu, dans tout le noir où nous nous débattions, une petite lueur lointaine.

Le vrai miracle, au fond, c'est que j'aie eu envie, Dieu sait pourquoi — peut-être parce que je me sentais seul aussi, parce qu'il m'était arrivé de désirer m'asseoir sur un banc et n'en plus bouger, peut-être parce qu'il me restait ma petite luciole, parce que tout n'était pas éteint en moi —, le vrai miracle, c'est que j'aie voulu approcher cette lueur fraternelle et comprendre, et que ce désir dont je n'avais pas conscience ait suffi à me faire franchir tous les obstacles.

Je ne savais même pas, à ce moment-là, que c'était de l'amour.

9

Tout à l'heure, on est venu chercher mon compagnon de cellule pour le conduire au parloir où il avait une visite. C'est celui dont je vous ai parlé en disant qu'il ressemblait à un jeune taureau. Je suis resté longtemps sans connaître son nom et sans m'en soucier. Il s'appelle Antoine Belhomme, il est né dans le Loiret.

J'ai fini par savoir aussi pourquoi il se montrait renfrogné, la bouche amère, le regard sournois. Ils l'ont eu, mon juge, pour employer son expression. En réalité, on ne possédait pas de preuves assez convaincantes pour l'envoyer devant le jury. Il l'ignorait. Il considérait qu'il « était fait » et, s'il niait encore, c'était par principe, pour ne pas se dégonfler. C'est alors que son juge à lui, votre confrère, lui a proposé une sorte de marché.

Je suppose que cela ne s'est pas discuté dans des termes aussi nets. Mais je crois ce que m'a dit Belhomme. On a commencé par lui parler du bagne, de la guillotine, on l'a effrayé jusqu'à faire sourdre de son front de jeune animal la sueur froide de la petite mort. Alors, gentiment, quand on l'a jugé à point, on lui a fait envisager la possibilité d'une transaction.

Qu'il avoue donc et on lui en tiendrait compte, on écarterait d'office la préméditation, puisque l'arme du crime était une bouteille qu'il avait trouvée sur le comptoir du débit ; on lui tiendrait compte aussi de ses regrets, de sa bonne conduite à l'instruction, de sa bonne tenue au procès et on lui promettait, on lui laissait à tout le moins espérer qu'il en serait quitte avec dix ans.

Il a marché. Il avait tellement confiance que, quand son avocat se mettait en nage pour le défendre, c'était lui qui le rassurait.

— Laissez donc courir. Puisqu'on vous dit que c'est cuit.

Ils ne l'en ont pas moins salé. Ils lui ont collé vingt ans, le maximum... Cela parce que, entre l'instruction et le procès, le hasard a voulu que deux autres crimes du même genre fussent commis dans la banlieue, tous deux, pour comble de malheur, par des garçons de son âge, ce qui a déclenché une campagne de presse. Les journaux ont parlé d'une vague de terreur, d'un grave danger social, de la nécessité d'une répression rigoureuse.

C'est mon jeune taureau qui a trinqué. Excusez-moi si je me mets à parler de lui. En voilà un, en tout cas, à qui il ne faudra plus faire de discours sur la

Société avec une majuscule, ni sur la Justice. Il vous a dans le nez, tous autant que vous êtes.

C'est la première visite qu'il reçoit depuis que nous vivons ensemble. Il est parti comme un bolide, la tête en avant.

Quand il est revenu, il y a quelques instants, c'était un autre homme. Il m'a regardé avec un orgueil que j'ai rarement vu briller dans les yeux de quelqu'un. Il m'a lancé, faute de trouver d'autres mots, mais il se comprenait et je l'ai compris :

— C'était la petite...

Je savais qu'il était en ménage avec une gamine de quinze ans à peine, qui travaille dans une usine de radio près du pont de Puteaux. Il avait autre chose à me dire, mais cela lui bouillonnait avec tant de force dans la gorge, cela jaillissait de si profond que les mots ne sortaient pas tout de suite.

— Elle est enceinte !

En tant que médecin, mon juge, il m'est arrivé cent fois d'être le premier à annoncer cette nouvelle à une jeune femme, souvent en présence de son mari.

Je connais toutes les sortes de réactions des uns et des autres.

Un bonheur aussi total, une pareille fierté, je ne les avais jamais vus. Et il ajoutait simplement :

— Maintenant, comme elle m'a dit, elle est tranquille.

Ne me demandez pas pourquoi je vous ai raconté cette histoire. Je n'en sais rien. Je ne veux rien prouver. Elle n'a aucun point commun avec la nôtre. Et cependant peut-être pourrait-elle servir à expliquer ce que j'entends par amour absolu, voire ce que j'entends par pureté.

Quoi de plus pur, dites-moi, que cette gamine toute fière, toute heureuse de venir annoncer à son amant, condamné à vingt ans de travaux forcés, qu'elle attend un enfant de lui ?

— *Maintenant, je suis tranquille !*

Et lui n'est pas revenu du parloir le front soucieux.

En un certain sens, il y avait un peu de cette

pureté-là dans notre amour. Il était aussi total, si ce mot peut vous faire comprendre que nous en avions accepté d'avance, sans le connaître, sans savoir au juste ce qui se passait en nous, les conséquences les plus extrêmes.

C'est parce que Martine m'a aimé ainsi que je l'ai aimée. C'est peut-être parce que je l'ai aimée avec la même innocence — tant pis si vous souriez — qu'elle m'a donné son amour.

Cercle vicieux ? Qu'y puis-je ? Nous pénétrons, mon juge, dans un domaine où il devient difficile de s'expliquer, surtout avec ceux qui ne savent pas.

Combien ce serait plus simple de raconter notre histoire à Antoine Belhomme, qui n'aurait pas besoin de commentaires.

Avant que l'événement se produise, dans la maison de ma femme, comme je l'appelle volontiers désormais, nous avions déjà fait, Martine et moi, connaissance avec la souffrance.

Je voulais tout savoir d'elle, je vous l'ai dit, et, docilement, après quelques tentatives de mensonges — elle essayait d'éviter de me faire de la peine — elle m'a tout dit, elle m'en a même trop dit, elle s'est chargée d'un surcroît de péchés, je m'en suis aperçu par la suite, tant elle s'était toujours sentie coupable.

Son arrivée à La Roche-sur-Yon, par un décembre pluvieux, avec un crochet par Nantes pour y emprunter un peu d'argent, c'était, en somme, une sorte de suicide. Elle abandonnait la partie. Il existe un degré dans le dégoût de soi où l'on se salit davantage, pour arriver plus vite au bout, au fond, parce qu'alors il ne peut plus rien arriver de pire.

Or, au lieu de ça, un homme lui a offert de vivre.

J'ai pris, ce faisant, et je m'en rendais compte, une lourde responsabilité. Je sentais qu'elle avait besoin d'être délivrée d'elle-même, de son passé, de ces quelques années, de ces si peu d'années où elle avait tout perdu.

J'ai cru que, pour y arriver, ce passé, je devais, moi, le prendre en charge.

Je reçois des revues médicales qui traitent de la

psychanalyse. Si je ne les ai pas toujours lues, je suis quelque peu au courant de la question. Certains confrères en font, en province, et m'ont toujours effrayé.

Ne devrais-je pas la purger à tout jamais de ses souvenirs ? Je l'ai cru, de bonne foi. Je n'ai, je le pense, aucune prédisposition pour le sadisme ni pour le masochisme.

Pourquoi, sinon pour la délivrer, aurais-je passé des heures et des heures à la confesser, m'acharnant à fouiller les recoins les plus sales, les plus humiliants ?

J'étais jaloux, juge, férocement. Je vais vous avouer à ce sujet un détail ridicule. Quand j'ai rencontré Raoul Boquet dans la rue, à quelque temps de là, vers le quinze janvier, je ne l'ai pas salué. Je l'ai regardé ostensiblement et je ne l'ai pas salué.

Parce qu'il l'avait approchée avant moi ! Parce qu'il lui avait offert à boire et qu'elle avait accepté. Parce qu'il avait connu l'autre Martine.

La Martine d'avant moi, la Martine que je haïssais, que j'avais haïe à première vue et qu'elle haïssait elle aussi.

La nouvelle Martine, je ne l'ai pas créée. Je n'ai pas cette prétention-là. Je ne me prends pas pour Dieu le Père. La nouvelle Martine, voyez-vous, c'était la plus ancienne, c'était la petite fille de jadis qui n'avait jamais cessé complètement d'exister et mon seul mérite, si mérite il y a, mon seul titre à son amour, c'est de l'avoir découverte sous un fatras de faux-semblants dont elle était la première dupe.

J'ai entrepris de lui rendre coûte que coûte confiance en elle, confiance en la vie, et c'est pour cela qu'ensemble, avec application, nous nous sommes attelés au grand nettoyage.

Quand je prétends que je sais tout de son passé, entendez bien que je veux dire tout, y compris des gestes, des pensées, des réactions qu'il arrive rarement à un être humain de confier à un autre humain.

J'ai connu des nuits épouvantables. Mais la mauvaise Martine s'effaçait et cela seul importait. J'en voyais naître peu à peu une autre qui ressemblait chaque jour davantage à une petite photo de ses seize ans qu'elle m'avait donnée.

Je ne crains plus le ridicule. Ici, on ne craint plus rien, sinon soi. Chaque être, même s'il ne possède que deux valises pour toute fortune, traîne avec lui, au long des années, un certain nombre d'objets.

Nous en avons fait le tri. Un tri implacable, avec une telle volonté que certaines choses soient définitivement mortes, qu'une paire de souliers, par exemple — je la revois encore, elle était presque neuve —, qu'elle avait portée un soir de rencontre avec un homme, a été brûlée dans la cheminée.

Il ne lui est pour ainsi dire rien resté de ce qu'elle avait apporté, et moi, qui ne pouvais jamais disposer de mon argent sans passer par Armande, je me trouvais dans l'impossibilité de lui acheter ce qui lui manquait.

Ses valises étaient vides, sa garde-robe réduite à l'indispensable à peine.

C'était en janvier. Pensez au vent, au froid, aux journées trop courtes, aux ombres et aux lumières de la petite ville, à nous deux qui nous débattions pour dégager notre amour de tout ce qui risquait de l'étouffer. Pensez à mes heures de consultation, aux déchirements de nos séparations, à la petite maison de Mme Debeurre enfin, qui était notre seul havre de grâce et où je ne pénétrais que haletant d'émotion.

Pensez à tous les problèmes angoissants que nous avions à résoudre, à ces autres problèmes que posait notre vie dans la maison d'Armande et que notre souci constant de la sérénité de celle-ci rendait sans cesse plus difficiles.

Mais oui, nous mentions. Et c'est de la reconnaissance, sinon de l'admiration, que nous mériterions pour cela, car nous avions autre chose à faire que nous préoccuper de la paix des autres.

Nous avions à nous découvrir. Nous avions à nous habituer à vivre avec notre amour, nous avions, si vous permettez ce mot, à transplanter notre amour dans l'existence quotidienne et à l'y acclimater.

Et je recevais trente clients chaque matin ! Et je déjeunais, sans Martine, entre maman et Armande, face à mes filles ! Je leur parlais. Il faut croire que je parvenais à leur parler comme un homme ordinaire, puisque Armande, la subtile, l'intelligente Armande, ne s'est aperçue de rien.

Duplicité, hein, mon juge ? Allons donc ! Quelquefois, quand j'étais à table en famille — mais oui, en famille, et Martine n'y était pas ! — il m'arrivait d'avoir soudain sur la rétine l'image d'un homme, le souvenir brutal d'un geste qu'elle avait fait, aussi précis qu'une photographie obscène.

Ça, juge, je ne le souhaite à personne. La douleur de l'absence est horrible, mais celle-là est de celles qui vous font croire à l'enfer.

Pourtant je restais là et je suppose que je mangeais. On me parlait des menus événements de la journée, et je répondais.

Il fallait que je la voie tout de suite, comprenez-vous ça, bon Dieu ! pour m'assurer qu'il existait vraiment une nouvelle Martine, que ce n'était pas la même que sur l'image pornographique. Je la guettais. Je comptais les minutes, les secondes. Elle franchissait la grille, j'entendais son pas sur le gravier de l'allée, elle se rapprochait, avec ce léger sourire qu'elle m'offrait toujours par avance pour le cas où j'aurais eu besoin d'apaisement.

Une fois, quand elle est entrée dans mon bureau, je l'ai fixée sans la voir. C'était l'autre qui me restait collée à la rétine et soudain, malgré moi, *pour la première fois de ma vie*, j'ai frappé.

Je n'en pouvais plus. J'étais à bout. A bout de douleur. Je n'ai pas frappé avec la main ouverte, mais avec le poing, et j'ai senti le choc des os contre les os.

Je me suis effondré aussitôt. La réaction. Je suis tombé à genoux, je n'ai pas honte de le dire. Et elle, mon juge, elle souriait, en me regardant très tendrement à travers ses larmes.

Elle ne pleurait pas. Il y avait des larmes dans ses

yeux, des larmes de petite fille qui a mal dans sa chair, mais elle ne pleurait pas, elle souriait, et je vous affirme qu'elle était triste, mais heureuse.

Elle a caressé mon front, mes cheveux, mes yeux, mes joues, ma bouche. Elle murmurait :

— Mon pauvre Charles...

J'ai cru que cela n'arriverait plus, que plus jamais la brute ne se réveillerait en moi. Je l'aimais, juge. J'ai envie de vous crier ce mot-là à m'en faire éclater la gorge.

Pourtant, j'ai recommencé. Chez elle, une fois, chez *nous*, un soir que nous étions couchés, que je caressais son corps, que mes doigts ont rencontré la cicatrice et que j'ai retrouvé mes fantômes.

Car je m'étais mis à aimer son corps d'une façon quasi délirante qui lui faisait dire en souriant, mais avec, sous sa gaieté, une sourde inquiétude :

— Ce n'est pas chrétien, Charles. Ce n'est pas permis...

J'aimais tout d'elle, tout, sa peau, sa salive, sa sueur, et surtout, oh ! surtout son visage du matin, que je connaissais à peine à cette époque-là, car il fallait le miracle d'une visite urgente pour me permettre de sortir de bonne heure et d'aller la réveiller.

Ce que Mme Debeurre a pensé de nous, je m'en moque. Est-ce que cela compte, dites-moi, quand on vit une expérience comme la nôtre ?

Elle était pâle, avec ses cheveux épars sur l'oreiller, et elle avait dans son sommeil une moue enfantine, elle m'a coupé la respiration, une fois que je l'éveillais de la sorte, en murmurant, les paupières closes :

— Papa...

Parce que son père, lui aussi, aimait son visage du matin, parce que son père s'approchait du lit sur la pointe des pieds au temps pas si lointain où il vivait encore et où elle était une petite fille.

Elle n'était pas belle ainsi, mon juge. Il n'y avait aucune ressemblance, allez, avec la couverture d'un magazine, et je ne l'ai plus voulue belle, jamais, de cette beauté-là. Le rouge a disparu de ses lèvres, le noir de ses cils, la poudre de ses joues et elle est redevenue peu à peu, toute la journée, ce qu'elle était au petit jour dans son sommeil.

J'avais l'impression, parfois, d'avoir passé son visage à la gomme. Les premiers temps, elle restait floue, comme un dessin à demi effacé. Ce n'est que petit à petit que son vrai visage a transparu, que la soudure s'est faite avec ce qu'elle avait été, *avant*.

Si vous ne comprenez pas ça, juge, il est inutile que je continue, mais je vous ai choisi, justement parce que j'ai senti que vous comprendriez.

Je n'ai rien créé. Je n'ai jamais eu l'orgueil de façonner une femme à l'image que je me faisais de la femme.

C'est Martine, la vraie Martine d'avant les salauds qui l'avaient salie, que je m'obstinais à dégager. C'est celle-là que j'aimais et que j'aime, qui est mienne, qui fait à tel point partie de mon être que je ne distingue plus nos limites.

Mme Debeurre a probablement tout entendu, nos murmures, mes éclats de voix, mes colères, mes coups ? Et après ? Est-ce notre faute ?

Armande a dit, plus tard :

— Qu'est-ce que cette femme a pu penser ?

Non mais, mon juge, mesurez, je vous en supplie ! D'une part ma maison, vous savez, notre maison, la maison d'Armande, avec les fauteuils, le tapis rose de l'escalier et les barres de cuivre, les bridges et la couturière, Mme Debeurre et ses malheurs — son mari mort sous un train et son kyste, car elle avait un kyste — et, d'autre part, l'exploration que nous avions entreprise, le jeu total que nous jouions, sans réserver notre mise, sans arrière-pensée d'aucune sorte, au péril de notre vie.

Au péril de notre vie, oui.

Cela, Martine l'a compris avant moi. Elle ne l'a pas dit alors. C'est la seule chose qu'elle m'ait cachée. Voilà pourquoi, à certains moments, elle me regardait avec des pupilles dilatées, comme si elle ne voyait pas.

Elle voyait plus loin, elle voyait un autre moi, le

moi futur, comme je voyais en elle la petite Martine d'autrefois.

Elle n'a pas reculé, juge. Elle n'a pas hésité un instant. Et pourtant, si vous saviez comme elle avait peur de mourir, une peur enfantine de tout de qui touche à la mort !

C'est le lendemain d'un jour où je m'étais battu avec le passé, avec l'autre Martine et avec mes fantômes, le lendemain d'un jour où je l'avais frappée avec plus de violence, que nous avons été surpris.

Il était huit heures. Ma femme était, aurait dû être en haut avec ma plus jeune fille qui n'avait pas classe ce jour-là. Des clients attendaient, en rang sur les deux banquettes de la salle d'attente. Je n'ai pas eu le courage de leur ouvrir la porte tout de suite.

Martine avait un œil meurtri. Elle souriait, et son sourire en était plus émouvant. Je débordais de honte et de tendresse. J'avais passé, après ma crise de la veille, une nuit presque blanche.

Je l'ai prise dans mes bras. Avec une douceur infinie. Mais oui, avec une douceur infinie, j'en étais capable, et je me sentais à la fois son père et son amant, je comprenais que désormais, quoi qu'il arrive, nous n'étions plus que deux au monde, que sa chair était la mienne, qu'un jour viendrait, tout proche, où nous n'aurions plus besoin de nous interroger et où les fantômes s'enfuiraient.

J'ai balbutié à son oreille, encore froide du froid de la rue :

— Pardon...

Je n'avais pas honte. Je n'avais plus honte de mes emportements, de mes crises, parce que je savais maintenant qu'ils faisaient partie de notre amour, que notre amour, tel qu'il était, tel que nous le voulions, n'aurait pas pu exister sans eux.

Nous ne bougions pas. Elle avait penché la tête sur mon épaule. A cette minute-là, je m'en souviens, je regardais très loin, à la fois dans le passé et dans l'avenir, je commençais à mesurer avec effroi la route qu'il nous restait à parcourir.

Je n'invente pas après coup. Ce ne serait digne ni

d'elle ni de moi. Je n'ai pas eu de pressentiment, je vous le dis tout de suite. Rien que la vision de cette route sur laquelle nous étions seuls à cheminer.

Je cherchais ses lèvres pour me donner du courage, et alors la porte du vestibule s'est ouverte, nous n'avons même pas eu, Martine et moi, la réaction de nous séparer en voyant Armande devant nous. Nous sommes restés embrassés. Elle nous a regardés et elle a prononcé, j'entends encore le son de sa voix :

— Excusez-moi...

Puis elle est sortie, et la porte a claqué.

Martine n'a pas compris, mon juge, pourquoi je me suis mis à sourire, pourquoi mon visage a exprimé une véritable allégresse.

J'étais soulagé. Enfin !

— Sois calme, chérie. Ne pleure pas. Surtout, ne pleure pas.

Je ne voulais pas de larmes. Il n'en fallait pas. On frappait à la porte. C'était Babette.

— Madame fait demander à Monsieur de monter dans sa chambre.

Mais oui, ma bonne Babette ! Mais oui, Armande ! Il était temps. Je n'en pouvais plus, moi. J'étouffais.

Sois calme, Martine. Je sais bien que tu trembles, que la petite fille que tu es s'attend une fois de plus à être battue. Est-ce que tu n'as pas toujours été battue ?

Confiance, chérie. Je monte. Et c'est la liberté de notre amour, vois-tu, que je vais chercher là-haut.

Il y a des mots, mon juge, qu'on ne devrait jamais prononcer, des mots qui jaugent les uns et libèrent les autres.

— Je suppose que tu vas la mettre à la porte ?

Mais non, Armande. Mais non. Il n'en est pas question.

— En tout cas, je ne supporterai pas qu'elle reste une heure de plus sous mon toit...

Eh bien ! puisque c'est ton toit, ma vieille... Pardon. J'ai tort. Et j'ai eu tort ce jour-là. J'ai craché le venin. Ah ! oui, je l'ai craché, pendant une heure d'affilée, en faisant les cent pas comme un fauve entre le lit et la porte, cependant qu'Armande, près de la fenêtre, une main accrochée au rideau, gardait une attitude digne.

Je te demande pardon aussi, Armande, si inattendu que cela te paraisse. Car tout cela était inutile, superflu.

J'ai tout vomi, tout ce que j'avais sur le cœur, toutes mes humiliations, mes lâchetés, mes désirs rentrés, j'en ai rajouté, et tout cela, je te l'ai jeté sur le dos, à toi seule, comme si tu étais seule à devoir en porter désormais la responsabilité.

Toi qui n'as jamais manqué de sang-froid, je t'ai vue perdre pied et tu m'as regardé avec des yeux presque craintifs, parce que tu découvrais, dans celui qui avait couché dans ton lit pendant dix ans, un homme que tu n'avais jamais soupçonné.

Je te criais, et on devait m'entendre d'en bas :

— Je l'aime, tu comprends ? *Je l'ai-me !*

Et c'est alors que tu m'as dit, désarçonnée :

— Si seulement...

Je ne me souviens plus de la phrase exacte. J'avais la fièvre. La veille, j'en avais frappé méchamment une autre, une autre que j'aimais.

— *Si seulement tu t'étais contenté de la voir dehors.*

J'ai éclaté, mon juge. Pas uniquement contre Armande. Contre vous tous, contre la vie telle que vous la comprenez, contre l'idée que vous vous faites de l'union de deux êtres et des paroxysmes auxquels ils peuvent atteindre.

J'ai eu tort. Je m'en repens. Elle ne pouvait pas comprendre. Elle n'était pas plus responsable que l'avocat général ou que Me Gabriel.

Elle me répétait, vacillante :

— Tes malades t'attendent...

Et Martine, donc ! Elle ne m'attendait pas, elle ?

— Nous reprendrons cette conversation tout à l'heure, quand tu seras de sang-froid.

Mais non. Tout de suite, comme une intervention à chaud.

— *Si tu as tellement besoin d'elle...*

Parce que, voyez-vous, je lui avais crié toute la vérité. Toute ! Y compris le visage meurtri par mes poings et mes draps que je mordais dans mes nuits d'insomnie.

Alors on m'offrait un compromis. Je pourrais aller la voir, comme un Boquet l'aurait fait, je pourrais, en somme, en y mettant de la discrétion, aller de temps en temps me satisfaire.

La maison a dû en trembler. J'ai été violent, brutal, moi, que ma mère avait toujours comparé à un gros chien trop doux.

J'ai été méchant, volontairement cruel. J'en avais besoin. Je n'aurais pas pu me soulager à moins.

— Pense à ta mère...

— Merde.

— Pense à tes filles...

— Merde.

— Pense à...

Merde, merde et merde ! C'était fini, tout ça, d'un seul coup, au moment où je m'y attendais le moins, et je n'avais aucune envie de recommencer.

Babette a frappé à la porte, Babette a prononcé d'une voix craintive :

— C'est Mademoiselle qui dit qu'on demande Monsieur au téléphone...

— J'y vais.

C'était Martine, Martine, qui me tendait l'appareil sans un mot, résignée au pire, Martine qui, elle, avait déjà renoncé.

— Allô !... Qui est à l'appareil ?

Un vrai malade. Une vraie « urgence ».

— Je serai là dans quelques minutes.

Je me suis retourné et j'ai dit :

— Tu annonceras à ceux qui attendent...

Le plus naturellement du monde, juge. Pour moi, tout était décidé. Je l'ai vue pâle devant moi, les lèvres sans couleur et j'ai failli en être irrité.

— Tout est arrangé. Nous partons...

J'avais déjà ma trousse à la main. Je décrochais mon manteau derrière la porte.

L'idée ne m'est pas venue de l'embrasser.

— Nous partons tous les deux...

C'était le soir, vers neuf heures. J'avais choisi le train de nuit exprès pour que mes filles soient couchées. Je suis monté les embrasser dans leur lit. J'ai tenu à ce que personne ne m'accompagne. Je suis resté quelques minutes là-haut, et l'aînée seule s'est à moitié réveillée.

Je suis redescendu, très calme. Le taxi attendait devant la grille, et le chauffeur était occupé à y porter mes bagages.

Maman était restée dans le salon. Elle avait les yeux rouges, un mouchoir roulé en boule à la main. J'ai cru que cela se passerait bien quand même, mais, au dernier moment, comme je me dégageais de ses bras, elle a balbutié très bas, avant d'éclater en sanglots :

— Tu me laisses toute seule avec elle...

Armande se tenait debout dans le vestibule. C'est elle qui avait fait mes valises. Elle continuait à penser à tout, envoyait Babette chercher une trousse de voyage oubliée.

Le vestibule était éclairé. On entendait, en sourdine, les sanglots de maman et, dehors, le ronronnement du moteur que le chauffeur mettait en marche.

— Au revoir, Charles...

— Au revoir, Armande...

Et alors nous avons ouvert la bouche, nous avons prononcé en même temps les mêmes mots :

— Je ne t'en veux pas...

Nous avons souri, malgré nous. Je l'ai prise dans les bras, et je l'ai embrassée sur les deux joues ; elle m'a déposé, elle, un baiser sur le front, elle a soufflé en me poussant vers la porte :

— Va...

Je suis allé chercher Martine, et nous nous sommes retrouvés tous les deux sur un quai de gare. Cette fois, il ne pleuvait pas et je n'ai jamais vu tant d'étoiles au ciel. Pauvre Martine, qui avait encore peur, qui m'épiait, qui m'a demandé, au moment de monter dans notre compartiment :

— Tu es sûr que tu ne regretteras pas ?

Nous étions seuls. Nous avons tout de suite éteint

la lumière et je l'ai serrée contre moi si étroitement que nous devions avoir l'air d'un de ces couples d'émigrants qu'on voit, blottis les uns contre les autres, sur les entreponts de bateaux.

Nous aussi, nous partions vers l'inconnu.

Qu'aurions-nous pu dire, cette nuit-là ? Même quand j'ai senti la chaleur d'une larme contre ma joue, je n'ai pas cherché de mots pour la rassurer et je me suis contenté de caresser ses paupières.

Elle a fini par s'endormir, et j'ai compté toutes les gares avec leurs lumières qui défilaient derrière nos rideaux. A Tours, des gens chargés de bagages ont ouvert notre porte. Leurs regards ont scruté l'obscurité, ont dû voir nos formes enlacées.

Ils se sont éloignés sur la pointe des pieds après avoir refermé tout doucement la porte.

Ce n'était pas une fuite, vous savez. Avant de partir, nous avions arrangé fort convenablement les choses, Armande et moi. Nous avons même pu envisager pendant des heures les détails de notre avenir.

Que dis-je ? Elle m'a donné des conseils, d'une voix un peu hésitante, avec l'air de m'en demander pardon. Pas des conseils en ce qui concerne Martine, bien sûr, mais au point de vue de mes affaires.

Ce qui a fort aidé à tout régler sans trop de heurts, c'est que le petit Braille, par miracle, était libre. C'est un jeune médecin issu d'une famille très pauvre — sa mère fait des ménages du côté de la gare d'Austerlitz — qui, faute d'argent, ne pourra pas s'établir avant des années.

En attendant, il fait des remplacements. Je le connaissais pour l'avoir pris comme remplaçant pendant mes dernières vacances, et il s'en était fort bien tiré.

D'accord avec Armande, je lui ai téléphoné, chez lui, à Paris. A cause des sports d'hiver, je craignais qu'il fût pris par un confrère désireux de passer quelques semaines à Chamonix ou à Megève.

Il était libre. Il a accepté de venir tout de suite et de s'installer chez moi pour un temps indéterminé. Je ne sais pas s'il a compris. Pour ma part, je lui ai donné à entendre qu'il ne tenait qu'à lui d'y rester toujours.

On lui a réservé une chambre, celle que Martine a occupée pendant deux nuits. C'est un garçon roux, un peu trop tendu, trop crispé à mon gré — on sent trop qu'il compte se venger un jour de la vie — mais que la plupart des gens trouvent sympathique.

Ainsi, il n'y a presque rien de changé dans la maison de La Roche. Je leur ai laissé la voiture. Armande, ma mère et mes filles peuvent garder le même train de vie, car le petit Braille se contente d'un traitement fixe qui laisse une large marge de bénéfice.

— Ne prends pas n'importe quoi. N'accepte pas le premier chiffre qu'on te dira..

Car je vais continuer à travailler, évidemment. J'ai d'abord pensé chercher une place dans un grand laboratoire parisien, mais cela me forcerait à quitter Martine une partie de la journée. Je l'ai dit franchement à Armande, et elle a murmuré avec un sourire qui n'était pas aussi ironique que j'aurais pu le craindre :

— Tu as si peur que ça ?

Je suis jaloux, mais je n'ai pas peur. Ce n'est pas parce que j'ai peur que je suis malheureux, désemparé, crispé dès que je la quitte un moment.

A quoi bon expliquer cela à Armande qui, d'ailleurs, j'en jurerais, a fort bien compris ?

En ne touchant qu'à une partie de nos économies, je peux reprendre un cabinet dans les environs de Paris. Le reste, presque tout ce que nous possédons, je l'ai laissé à la disposition d'Armande et des enfants. Je n'ai même pas eu besoin de lui signer une procuration, car elle en a une depuis longtemps.

Voilà comment nous nous sommes arrangés. Et nous avons pu, je le répète, parler calmement. C'était un peu voilé, vous me comprenez ? Instinctivement, nous parlions à voix feutrée.

— Tu comptes revenir de temps en temps voir tes filles ?

— Je compte les revoir souvent...

— Sans elle ?

Je n'ai pas répondu.

— Tu ne m'imposeras pas ça, n'est-ce pas, Charles ?

Je n'ai rien promis.

Nous sommes partis, Martine et moi, et nous avons passé la nuit dans les bras l'un de l'autre, sur une banquette de train, sans dire un mot.

Il y avait du soleil, à notre arrivée, sur la banlieue de Paris. Nous sommes descendus dans un hôtel banal, convenable, près de la gare, et j'ai inscrit sur le registre : « Monsieur et Madame Charles Alavoine... »

Nous faisions seulement l'apprentissage de notre liberté et nous étions encore un peu gauches. Dix fois par jour, il arrivait à l'un de nous d'observer l'autre, et celui qui était pris en faute, si je puis dire, s'empressait de sourire.

Des quartiers entiers de Paris me faisaient peur, parce qu'ils étaient peuplés de fantômes, voire d'hommes en chair et en os que nous aurions pu rencontrer.

Alors, mon juge, tous les deux, comme d'un commun accord, nous les évitions. Il nous arrivait, au coin d'une rue ou d'une avenue, de faire demi-tour, d'obliquer à droite ou à gauche, sans avoir besoin de rien nous dire, et je m'empressais de serrer affectueusement le bras de Martine que je sentais tout attristée.

Elle avait peur aussi de me voir affecté par l'obligation où j'étais de recommencer ma carrière, et, moi, au contraire, cela me rendait joyeux, je m'évertuais à la recommencer à zéro.

Nous avons vu, ensemble, les agences spécialisées dans les cabinets médicaux et nous sommes allés visiter plusieurs de ces cabinets, un peu partout, dans les quartiers pauvres et dans les quartiers bourgeois.

Pourquoi les quartiers pauvres me tentaient-ils plus que les autres ? Je sentais le besoin de m'éloigner d'un certain milieu qui me rappelait mon autre vie, et il me semblait que, plus nous nous en écarterions, plus Martine serait mienne.

Nous avons jeté notre dévolu, en fin de compte, après seulement quatre jours d'allées et venues, sur un cabinet situé à Issy-les-Moulineaux, au plus noir, au plus grouillant de la banlieue ouvrière.

Mon prédécesseur était un Roumain qui avait fait fortune en quelques années et qui regagnait son pays. Il a exagéré, bien sûr, les mérites de son cabinet.

C'était presque une usine et les consultations n'étaient pas loin de se faire à la chaîne. La salle d'attente, blanchie à la chaux, avec des graffiti sur les murs, faisait penser à un endroit public. On y fumait et on y crachait. Et il y aurait sans doute eu bagarre si l'idée m'était venue de donner à un malade un *tuor dé faveur*.

C'était au rez-de-chaussée. Cela prenait jour sur la rue et on y entrait comme dans une boutique, sans bonne pour vous introduire, sans sonnette ; on prenait sa place à la queue et on attendait.

Le cabinet de consultation, où nous passions presque toute la journée, Martine et moi, donnait sur la cour et, dans cette cour, il y avait un forgeron qui frappait le fer du matin au soir.

Quant à notre appartement, au troisième étage, il était assez neuf, mais avec des pièces si exiguës qu'il ressemblait à un ménage de poupée. Nous avions été obligés de reprendre les meubles du Roumain, des meubles de série comme on en voit à l'étalage des grands magasins.

J'ai acheté, d'occasion, une petite voiture à deux places, une cinq chevaux, car Issy-les-Moulineaux est vaste comme une ville de province et j'y avais des clients dans tous les coins. En outre, les premiers temps, ce qui m'avait le plus humilié, je l'avoue, c'était d'attendre, souvent pendant de longues minutes, le tramway au coin de la rue.

Martine a appris à conduire et a obtenu son permis. C'est elle qui me servait de chauffeur.

De quoi ne me servait-elle pas ? Nous ne parvenions pas à trouver une bonne. Nous attendions des réponses aux annonces que nous avions mises dans les journaux de province et nous nous contentions d'une femme de ménage, sale comme un peigne, méchante comme une gale, qui consentait à venir deux ou trois heures par jour.

Pourtant, dès sept heures et demie du matin, Martine descendait avec moi pour les consultations, endossait sa blouse, mettait son voile et me préparait le travail. Nous allions déjeuner ensemble, le plus souvent dans un petit restaurant de chauffeurs, et parfois elle levait vers moi des yeux inquiets.

J'étais obligé de lui répéter :

— Je te jure que je suis très heureux...

C'était vrai, c'était vraiment la vie qui recommençait, presque à zéro. J'aurais voulu être encore plus pauvre, reprendre les choses de plus bas.

Elle me pilotait ensuite à travers les rues encombrées, m'attendait devant le domicile de mes malades et le soir, quand nous le pouvions, nous faisions le marché ensemble afin de dîner dans notre appartement jouet.

Nous sortions peu. Nous avions adopté, sans le vouloir, les habitudes du quartier où nous vivions : une fois par semaine, nous passions la soirée dans le même cinéma que mes malades, un cinéma qui sentait les oranges, le chocolat glacé, les bonbons acidulés, et où l'on marchait sur les épluchures de cacahouètes.

Nous ne formions pas de projets d'avenir. N'est-ce pas la preuve que nous étions heureux ?

10

Pas un seul soir, mon juge, nous ne nous sommes endormis — elle blotissait sa tête dans le creux de mon épaule et il nous est arrivé souvent de nous réveiller le matin dans la même position —, pas un soir, dis-je, nous n'avons fermé les yeux sans que j'aie imprégné sa chair.

C'était un geste presque grave, rituel. C'était pour elle un moment angoissant, car elle savait de quel prix je payais et lui faisais payer la moindre réapparition de l'autre. Il lui fallait empêcher coûte que coûte la déroute de ses nerfs, cette raideur qui me faisait si mal, cette tension haletante, désespérée vers un apaisement qu'elle n'avait jamais connu et auquel, jadis, elle ne renonçait qu'une fois à bout de forces.

— Tu vois, Charles, que je ne serai jamais une femme comme les autres.

Je la réconfortais, mais il m'arrivait de douter. De sorte que nous appréhendions parfois ce geste qui séparait invariablement nos jours de nos nuits et par lequel nous voulions mélanger nos deux sangs...

— Un jour, vois-tu, alors que tu n'y penseras pas, le miracle se produira...

Et le miracle s'est produit. Je me souviens de l'étonnement que j'ai lu dans ses yeux où subsistait une appréhension. Je sentais le fil si frêle encore que je n'osais pas risquer un encouragement et que je feignais de ne pas m'apercevoir de ce qui se passait.

— Charles...

Je l'ai serrée plus fort et plus tendrement tout ensemble, et c'est vraiment une voix de petite fille qui a demandé :

— Je peux ?

Mais oui, elle pouvait. C'était réellement sa chair, cette fois, qui s'épanouissait, et mes yeux ne pouvaient pas quitter ses yeux. Alors elle a poussé un grand cri, un cri comme je n'en avais jamais entendu, un cri de bête et tout ensemble un cri de triomphe, elle souriait d'un sourire nouveau où se mêlaient l'orgueil et la confusion — car elle était un peu gênée — et, quand sa tête s'est abattue sur l'oreiller, quand son corps s'est mollement détendu, elle a balbutié :

— Enfin !

Enfin, oui, juge, enfin elle était mienne en toute plénitude. Enfin elle était femme. Enfin aussi j'avais d'elle, outre son amour, une chose que les autres n'avaient jamais connue. Ils n'en savaient rien, ils ne s'étaient aperçus de rien, mais qu'importe.

Nous venions de franchir ensemble une importante étape. Cette victoire, il a fallu, si je puis ainsi m'exprimer, la consolider, faire en sorte que ce ne soit pas un accident isolé.

Ne souriez pas, je vous le demande en grâce. Essayez de comprendre, voulez-vous ? Ne faites pas comme ces gens qui se sont penchés sur mon cas, comme cette Justice dont vous êtes un des servants et qui n'a rien voulu voir de ce qui importait vraiment dans mon crime.

C'est à quelques soirs de là, au moment où nous étions le plus heureux, alors qu'elle s'endormait dans mes bras, toute barbouillée d'amour, et que ma main caressait machinalement sa peau douce, que j'ai pensé, presque sans m'en rendre compte :

— Et dire qu'il faudra un jour que je la tue.

Ce sont exactement les mots qui se sont formés dans mon cerveau. Je n'y croyais pas, remarquez-le, mais je ne me révoltais pas non plus. Je continuais à caresser sa hanche à mon endroit préféré, ses cheveux dénoués me chatouillaient la joue, je sentais son souffle régulier sur mon cou et j'épelais dans l'obscurité de ma conscience :

— Il faudra que je la tue...

Je n'étais pas endormi. Je n'avais pas encore atteint cet état qui n'est plus tout à fait la veille sans être le sommeil et où on jouit parfois d'une lucidité effrayante.

Je ne la repoussais pas. Je la caressais toujours. Elle m'était plus chère que jamais. Elle était toute ma vie.

Mais en même temps, malgré elle, malgré tout son amour, son humble amour — retenez bien ce mot, juge : son amour était humble —, en même temps, elle était l'autre, et elle le savait.

Nous le savions tous les deux. Nous en souffrions tous les deux. Nous vivions, nous agissions, nous parlions comme si l'autre n'avait jamais existé. Parfois Martine ouvrait la bouche et restait en suspens, gênée.

— Qu'est-ce que tu allais dire ?

— Rien...

Parce qu'elle venait de penser que les mots qu'elle était sur le point de prononcer étaient de ceux qui risquaient de réveiller mes fantômes. Et c'étaient souvent des mots innocents, tenez, jusqu'à un nom de rue, la rue de Berri, où, paraît-il, existe un hôtel de passe. Je ne suis jamais passé par la rue de Berri depuis lors. Il existe à Paris un théâtre dont nous n'osions pas parler à cause de ce qui s'y était passé un soir dans une loge, quelques semaines avant le voyage de Nantes et de La Roche.

Il y avait certains taxis, reconnaissables à leur couleur particulière, les plus nombreux de Paris, hélas ! dont la seule vue évoquait pour moi des images ignobles.

Comprenez-vous maintenant pourquoi nos entretiens ressemblaient parfois à la démarche de certains malades qui savent qu'un mouvement brusque peut leur être fatal ? On dit qu'ils marchent sur des œufs. Nous marchions sur des œufs, nous aussi.

Pas toujours, car dans ce cas notre vie n'aurait pas été ce qu'elle a été. Nous avions de longues périodes d'insouciance, d'allégresse. Martine, comme beaucoup de ceux qui ont appris à avoir peur de la vie, était assez superstitieuse et, si la journée commençait trop gaiement, je la sentais inquiète, quelque soin qu'elle prît de me le cacher.

J'ai passé mon temps à lutter contre sa peur, à anéantir sa peur. J'ai réussi à la délivrer de la plupart de ses cauchemars. Je l'ai rendue heureuse. Je le sais. Je le veux. J'interdis à qui que ce soit de me contredire là-dessus.

Elle a été heureuse avec moi, entendez-vous ?

Et c'est justement parce qu'elle était heureuse et qu'elle n'en avait pas l'habitude qu'il lui arrivait de trembler.

A La Roche-sur-Yon, elle avait peur d'Armande, peur de ma mère et de mes filles, de mes amis, de tout ce qui avait fait ma vie jusqu'alors.

A Issy-les-Moulineaux, elle a eu peur, au début, d'un genre d'existence qu'elle croyait susceptible de me décourager.

De ces peurs-là, d'autres encore, je l'ai guérie.

Mais il restait nos fantômes, ceux-là que je lui avais pris, dont je l'avais déchargée et contre lesquels elle me voyait me débattre.

Il restait ma souffrance qui me pénétrait, soudain, aiguë, si lancinante que j'en étais défiguré, au moment où nous y pensions le moins, où nous nous croyions à l'abri et qui m'emportait en quelques secondes hors de moi-même.

Elle savait bien, allez, que ce n'était pas elle que je haïssais à ces moments-là, que ce n'était pas contre elle que mes poings se tendaient. Elle se faisait toute petite, d'une humilité que je n'avais jamais imaginée.

Un détail, juge. La première fois, d'instinct, elle avait replié les bras devant son visage pour parer les coups. Ce geste, Dieu sait pourquoi, avait décuplé ma rage. Et, parce qu'elle ne l'ignorait pas, maintenant, elle attendait, immobile, sans une crispation des traits, en empêchant ses lèvres de frémir bien que toute sa chair fût aux abois.

Je l'ai battue. Je ne m'en excuse pas. Je ne demande pardon à personne. La seule personne à qui j'en pourrais demander pardon est Martine. Et Martine n'en a pas besoin, parce qu'elle sait.

Je l'ai battue dans notre petite voiture, un après-midi, en plein jour, tandis que nous roulions le long de la Seine... Au cinéma, une autre fois, et nous avons dû sortir, car je me serais fait écharper par nos voisins indignés...

J'ai essayé souvent d'analyser ce qui se passait en moi à ces moments-là. Aujourd'hui, je crois que je suis assez lucide pour répondre. Elle avait beau avoir changé, voyez-vous, je parle changé physiquement, car elle s'était transformée en quelques mois, rien ne pouvait empêcher que je retrouve en elle, en certaines occasions, un trait, un tic, une expression de l'autre.

Cela n'arrivait que quand je la regardais d'une certaine manière. Et je ne la regardais ainsi que quand, à cause d'un incident fortuit, à cause d'un mot, d'une image, je pensais à son passé.

Attendez ! C'est le mot image, sans doute, qui est la clef. J'étais coupable, hélas ! sans le vouloir, contre ma volonté, d'avoir soudain sous les yeux une image d'une précision photographique et cette image-là, tout naturellement, se superposait à celle de la Martine qui se tenait devant moi.

Dès lors, je ne croyais plus à rien. A rien, juge, pas même à elle. Pas même à moi. J'étais submergé par un dégoût immense. Ce n'était pas possible. On nous avait trompés. On nous avait volés. Je ne voulais pas. Je...

Je frappais. C'était le seul moyen d'en sortir. Elle le savait si bien qu'elle le souhaitait, qu'elle m'y invitait en quelque sorte pour que je sois plus vite délivré.

Je ne suis pas un fou, ni un malade. Nous n'étions des malades ni l'un ni l'autre. Est-ce que nous avons visé trop haut, est-ce que nous avons ambitionné un amour interdit aux hommes ? Mais alors, dites-moi, s'il nous est interdit sous peine de mort, pourquoi nous en avoir mis le désir au plus profond de notre être ?

Nous avons été honnêtes. Nous avons fait de notre mieux. Nous n'avons jamais essayé de tricher.

« Je la tuerai. »

Je n'y croyais pas, mais, quand ce mot-là me revenait à l'esprit comme une rengaine, il ne me faisait pas peur.

Je devine ce que vous pensez. C'est ridicule. Vous apprendrez peut-être un jour qu'il est plus difficile de tuer que de se faire tuer. A plus forte raison de vivre pendant des mois avec l'idée qu'un jour on tuera de ses mains le seul être qu'on aime.

Je l'ai fait, moi. C'était vague, au début, comme l'annonce d'une maladie qui commence par des malaises imprécis, par des douleurs qu'on n'arrive pas à localiser. J'ai vu des clients qui, parlant du mal qu'ils ressentaient dans la poitrine à certaines heures, se trompaient de côté.

Pendant des soirées et des soirées, dans notre chambre d'Issy, j'ai essayé, inconsciemment, d'une thérapeutique. Je la questionnais sur la Martine enfant, à laquelle ressemblait chaque jour davantage la Martine que j'aimais.

Nous n'avions pas eu le temps de faire changer les papiers peints et ceux-ci étaient à fleurs baroques, d'un modernisme de mauvais goût. Le fauteuil dans lequel je m'asseyais, en robe de chambre, moderne lui aussi, était en velours d'un vert acide. Jusqu'à la lampe sur pied qui était laide et nous ne nous en apercevions pas, nous ne faisions aucun effort pour modifier le cadre de notre vie, tant cela avait peu d'importance.

Elle parlait. Il existe des noms, des prénoms qui sont devenus pour moi plus familiers que ceux des grands hommes de l'histoire. Une de ses amies d'enfance, par exemple, une certaine Olga, revenait chaque soir sur le tapis et jouait le rôle de traître.

Je connais toutes les trahisons d'Olga, au couvent, puis dans le monde, quand ces petites filles sont devenues grandes et qu'on les a conduites au bal. Je connais toutes les humiliations de ma Martine et ses rêves les plus biscornus. Je connais les oncles, les tantes, les cousins, mais ce que je connais surtout, juge, c'est son visage à elle, qui se transformait à mesure qu'elle parlait.

— Ecoute, chérie...

Elle sursautait toujours quand elle sentait que j'allais lui annoncer une nouvelle, comme ma mère, qui n'a jamais ouvert un télégramme qu'en tremblant. Les coups ne lui faisaient pas peur, mais l'inconnu l'effrayait, parce que l'inconnu, pour elle, s'était toujours traduit par un mal. Elle me regardait alors avec une anxiété qu'elle s'efforçait de cacher. Elle n'ignorait pas que la peur lui était défendue. Cela faisait partie de nos tabous.

— Nous allons prendre quelques jours de vacances...

Elle a pâli. Elle a pensé à Armande, à mes filles. Elle appréhendait depuis le premier jour la nostalgie que je pourrais ressentir de La Roche et des miens.

Moi, je souriais, tout fier de mon idée.

— Nous irons les passer dans ta ville natale, à Liège...

Nous y sommes allés. En pèlerinage. Et j'avais en outre l'espoir d'y laisser définitivement une bonne partie de mes fantômes.

Allons, je vais être plus franc et plus cru ; j'avais besoin d'aller prendre possession de son enfance, car j'étais jaloux de son enfance aussi.

Ce voyage me l'a rendue plus chère, parce que plus humaine.

On vous dit :

— Je suis née dans une telle ville, mes parents faisaient ceci et cela...

Tout ce qu'elle m'avait raconté ressemblait à un roman pour jeunes filles, et je suis allé chercher la vérité, qui n'était pas si différente. J'ai vu la grande maison, rue Hors-Château, qu'elle m'avait si souvent décrite, et son fameux perron à rampe de fer forgé. J'ai entendu les gens me parler de sa famille dans les mêmes termes à peu près qu'elle employait, une vieille famille presque patricienne qui avait glissé petit à petit sur la pente descendante.

J'ai même visité le bureau de son père, qui était au moment de sa mort secrétaire du gouvernement provincial.

J'ai vu sa mère, ses deux sœurs mariées, les enfants de l'une d'elles.

J'ai vu les rues où elle avait cheminé, un cartable d'écolière sous le bras, les vitrines où elle avait collé son nez rougi par la brise, le cinéma où elle avait vu son premier film et la pâtisserie où l'on achetait les gâteaux du dimanche. J'ai vu sa classe et des religieuses qui se souvenaient d'elle.

Je l'ai mieux comprise. J'ai compris surtout que je ne m'étais pas trompé, qu'elle ne m'avait pas menti, qu'un miracle, à Nantes — il n'y a pas d'autre mot —

m'avait fait pressentir tout ce qu'il y avait en elle qui en faisait ma femme aujourd'hui.

Pourtant, à Liège même, juge, mes fantômes m'ont suivi. Un homme jeune, quelque part, dans un café du centre où nous écoutions de la musique, s'est approché d'elle gaiement et l'a appelée par son prénom.

Cela a suffi.

Plus elle était mienne, plus je la sentais mienne, plus je la jugeais digne d'être mienne — je voudrais tellement que vous ne voyiez aucun orgueil dans ce mot qui n'en comporte pas dans mon esprit, parce que je suis humble, moi aussi, et que je l'ai aimée aussi humblement qu'elle m'a aimé —, plus elle était mienne, dis-je, et plus j'éprouvais le besoin de l'absorber davantage.

De l'absorber. Comme, de mon côté, j'aurais voulu me fondre entièrement en elle.

J'ai été jaloux de sa mère, jaloux de son petit neveu qui a neuf ans, jaloux d'un vieux marchand de bonbons chez qui nous sommes allés et qui l'avait vue gamine, qui se souvenait encore de ses goûts. Celui-là, il est vrai, m'a donné une petite joie en l'appelant, après une courte hésitation :

— Madame Martine...

Il faudrait, voyez-vous, que je vous fasse franchir une à une toutes les étapes que nous avons franchies. Le printemps a passé. L'été est venu. Les fleurs ont changé maintes fois dans les squares de Paris, notre sombre banlieue s'est éclairée, des gamins, des hommes en maillot de bain ont encombré les berges de la Seine, et nous trouvions toujours, à chaque tournant du chemin, une nouvelle étape à parcourir.

Sa chair, bientôt, était devenue aussi obéissante que son esprit. Nous avons atteint et franchi l'étape du silence. Nous avons pu lire, côte à côte, dans notre lit.

Nous avons pu, prudemment, en faisant les braves, traverser certains quartiers défendus.

— Tu verras, Martine, qu'un jour viendra où il n'y aura plus aucun fantôme.

Ceux-ci espaçaient leurs visites. Nous sommes allés tous les deux aux Sables-d'Olonne pour voir mes filles qu'Armande avait installées dans une villa. Martine m'attendait dans la voiture.

Armande a prononcé, en regardant par la baie ouverte :

— Tu n'es pas venu seul ?

— Non.

Très simplement, juge, parce que c'était simple.

— Tes filles sont sur la plage.

— Je vais aller les voir.

— Avec elle ?

— Oui.

Et, comme je refusais de déjeuner chez elle :

— Elle est jalouse ?

Ne valait-il pas mieux me taire ? Je me suis tu.

— Tu es heureux ?

Elle a hoché la tête avec mélancolie, avec une pointe de tristesse, et elle a soupiré :

— Enfin..

Comment lui faire comprendre qu'on peut être heureux et souffrir ? Ne sont-ce pas deux mots qui vont tout naturellement ensemble et avais-je jamais souffert, vraiment souffert, avant que Martine me révélât le bonheur ?

J'ai failli, au moment de sortir, prononcer à voix haute :

« Je la tuerai. »

Pour qu'elle comprenne encore moins ! Comme si j'avais eu une petite vengeance à prendre !

Nous avons bavardé avec mes filles, Martine et moi. J'ai vu maman qui était assise sur le sable et qui tricotait. Elle a été très bien, maman, elle ne nous a fait aucune observation, elle a dit gentiment, à la fin, en tendant la main :

— Au revoir, mademoiselle...

Elle a failli dire madame, elle aussi, je le jurerais. Elle n'a pas osé.

Il n'y avait pas de reproche, seulement un peu d'appréhension dans les regards qu'elle me lançait à la dérobée, selon son habitude. Et pourtant j'étais heureux, je n'ai jamais été aussi heureux de ma vie, Martine et moi étions heureux à en crier.

C'était le 3 septembre, un dimanche. Je sais l'effet que vous produit cette date. Je suis calme, rassurez-vous.

Il faisait un temps mou, vous vous souvenez ? Ce n'était plus l'été et ce n'était pas encore l'hiver. Pendant plusieurs jours le ciel a été gris, d'un gris à la fois terne et lumineux qui m'a toujours attristé. Beaucoup de gens, surtout dans les banlieues pauvres comme la nôtre, étaient déjà rentrés de vacances ou n'y étaient pas allés.

Nous avions une bonne, depuis quelques jours, une jeune Picarde qui nous venait droit de sa campagne. Elle avait seize ans et ses formes étaient encore indécises, elle avait l'air d'une grosse poupée de son. Sa peau restait rouge et luisante et, dans sa robe rose qui la boudinait drôlement, avec ses jambes nues, ses pieds nus dans des savates, ses cheveux toujours ébouriffés, elle avait l'air, dans notre petit logement où elle se heurtait aux meubles et aux objets, de vouloir aller traire les vaches.

Je ne peux pas rester au lit après une certaine heure. Je me suis levé sans bruit, et Martine a tendu les bras, m'a demandé comme elle le faisait jadis à son père, sans ouvrir les yeux :

— Une grosse caresse...

Il s'agissait de la serrer très fort contre ma poitrine, jusqu'à ce qu'elle en perde le souffle ; alors elle était contente.

Tous nos dimanches matin se ressemblaient. Ce n'étaient pas les miens, mais ceux de Martine. C'était elle, une petite fille de la ville, alors que le paysan que j'étais s'était toujours levé avec le jour.

Le pire instrument de supplice, à ses yeux, était le réveille-matin, avec sa sonnerie brutale et lancinante.

— Déjà quand j'étais toute petite et que je devais me lever pour aller à l'école...

Plus tard, elle avait dû se lever pour se rendre à son travail. Elle employait de petites ruses. Elle s'arrangeait, exprès, pour que le réveil avance de dix minutes, afin de traîner un peu au lit.

Remarquez que, pendant ces derniers mois, elle s'est levée chaque matin avant moi, afin de m'apporter au lit ma première tasse de café, parce que je lui avais confié que ma mère l'avait toujours fait.

Ce n'était pas, malgré tout, une fille du matin. Elle était longue, une fois debout, à reprendre contact avec la vie. Cela m'amusait de la voir aller et venir, en pyjama, la démarche indécise et le visage encore bouffi de sommeil. Il m'arrivait d'éclater de rire.

— Qu'est-ce que tu as ?

Chaque dimanche, je lui offrais ce qu'elle appelait la matinée idéale. Elle se levait tard, vers dix heures, et c'était mon tour de lui apporter son café. Au lit, en le buvant, elle allumait sa première cigarette, car c'est la seule chose à laquelle je n'ai pas eu le courage de la faire renoncer. Elle me l'a proposé. Elle l'aurait fait. Tout au moins cela n'a-t-il pas été chez elle un besoin de tous les instants. Ni une attitude.

Elle tournait le bouton de la radio et, beaucoup plus tard, elle demandait enfin :

— Quel temps fait-il ?

Nous nous arrangions pour être sans projets, pour que cette journée dominicale tout entière fût libre pour l'improvisation. Et il arrivait, ma foi, que nous ne fissions rien du tout.

Je me souviens, ce dimanche-là, d'avoir passé un long moment accoudé à la fenêtre du salon. Je revois toute une famille qui attendait le tram et dont tous les membres, du plus grand au plus petit — ils étaient au moins sept, père et mère, garçons et filles —, portaient des cannes à pêche.

Une musique est passée, des cuivres derrière une bannière chargée de dorures, une fanfare quelconque, avec des jeunes gens à brassard qui s'affairaient le long des trottoirs.

D'autres gens, aux maisons d'en face, étaient accoudés aux fenêtres, et j'entendais la rumeur des appareils de radio.

Quand je suis descendu, un peu avant dix heures,

elle n'était pas encore levée. Par exception, j'avais fait venir un de mes clients auquel je devais donner des soins qui réclamaient près d'une heure et que je n'avais jamais le temps de donner en semaine. C'était un contremaître d'une cinquantaine d'années, un brave homme, scrupuleux à l'excès.

Il m'attendait devant la porte. Nous sommes entrés dans mon cabinet, et il a commencé tout de suite à se déshabiller. Je me suis relavé les mains, j'ai endossé ma blouse. Tout était si calme, ce matin-là, que la vie du monde semblait suspendue.

Est-ce que la couleur du ciel y était pour quelque chose ? C'était une de ces journées, juge — ce sont toujours des dimanches —, où l'on est capable de ne penser à rien.

Et je ne pensais à rien. Mon client parlait, d'une voix monocorde, pour se donner du courage, car le traitement était assez douloureux, et parfois il s'arrêtait, retenait tant bien que mal un gémissement, s'empressait de dire :

— Ce n'est rien, docteur... Continuez...

Il s'est rhabillé, m'a tendu la main en partant. Nous sommes sortis ensemble et j'ai refermé la porte de mon espèce de boutique. J'ai regardé en l'air, pour voir si Martine, par hasard, n'était pas à la fenêtre. J'ai marché jusqu'au coin de la rue pour acheter le journal. C'était dans un petit bar qu'on le vendait. Je gardais un arrière-goût de pharmacie dans la gorge et j'ai bu un vermouth au comptoir.

Je suis remonté lentement chez moi. J'ai ouvert la porte. Est-ce que j'ai fait moins de bruit que d'habitude ? Martine et la bonne, qui s'appelait Elise, étaient toutes les deux dans la cuisine et riaient aux éclats.

J'ai souri. J'étais heureux. Je me suis approché et je les ai vues. Elise épluchait les légumes, debout devant l'évier, et Martine était assise, les coudes sur la table, une cigarette aux lèvres, les cheveux encore dépeignés, un peignoir sur les épaules.

J'ai rarement ressenti autant de tendresse pour elle. Voyez-vous, je venais de surprendre tout un côté d'elle-même que je ne connaissais pas encore et qui me ravissait.

J'aime les gens qui sont capables de s'amuser avec les bonnes, surtout avec les petites paysannes comme Elise. Et je comprenais qu'elle n'était pas là par condescendance, comme il arrive à certaines maîtresses de maison. Leurs voix et leurs rires m'avaient renseigné.

Pendant que j'étais en bas, c'étaient deux gamines qui s'étaient retrouvées, par un matin paresseux de dimanche, et qui avaient bavardé.

De quoi ? Je n'en sais rien. Je n'ai pas essayé de le savoir. Elles ont ri pour des bêtises, j'en suis sûr, pour des choses qui ne se racontent pas, qu'un homme ne peut jamais comprendre.

Elle était toute confuse en me voyant surgir.

— Tu étais là ? Nous étions, Elise et moi, à nous raconter des histoires... Qu'est-ce que tu as ?...

— Rien...

— Si... Tu as quelque chose... Viens...

Elle se levait, inquiète, m'entraînait dans notre chambre.

— Tu es fâché ?

— Mais non.

— Tu es triste ?

— Je te jure...

Ni l'un ni l'autre. J'étais ému, sottement peut-être, j'étais beaucoup plus ému que je ne voulais le laisser paraître et me l'avouer.

Maintenant encore, il me serait difficile de dire au juste pourquoi. Peut-être parce que ce matin-là, à mon insu, sans raison précise, j'ai senti que j'atteignais au maximum de mon amour, au maximum de compréhension d'un être vis-à-vis d'un autre.

J'ai tellement l'impression de l'avoir comprise, voyez-vous ! C'était tellement frais, tellement pur, cette gamine qui riait dans la cuisine avec notre petite paysanne...

Alors, insidieusement, un autre sentiment s'est glissé en moi, une nostalgie vague que je connaissais, hélas ! et contre laquelle j'aurais dû réagir tout de suite.

Elle avait compris, elle. C'est pour cela qu'elle m'avait conduit dans la chambre. C'est pour cela qu'elle attendait.

Qu'elle attendait que je frappe. Cela aurait mieux valu. Mais, depuis quelques semaines, je m'étais juré de ne plus me laisser aller à mes colères ignobles.

Quelques jours auparavant, le mercredi, en revenant bras dessus bras dessous de notre cinéma de quartier, je lui avais fait remarquer non sans fierté :

— Tu vois... Il y a déjà trois semaines...

— Oui...

Elle savait de quoi je parlais. Elle n'était pas aussi optimiste que moi.

— Au début, cela arrivait tous les quatre ou cinq jours... Puis toutes les semaines, toutes les deux semaines...

Je plaisantai :

— Quand ce ne sera plus que tous les six mois...

Elle avait collé davantage sa hanche contre la mienne. C'était un de nos plaisirs de marcher ainsi hanche contre hanche, le soir, quand les trottoirs étaient vides, comme si nous ne faisions qu'un seul corps en mouvement.

Je n'ai pas frappé, ce dimanche-là, parce que j'étais trop ému, parce que les fantômes étaient trop flous, parce qu'il n'y a pas eu, au début, et pendant longtemps, d'images brutales.

— Tu m'en veux que je ne sois pas encore habillée ?

— Mais non...

Il n'y avait rien. Pourquoi donc s'inquiétait-elle de la sorte ? Elle a été inquiète tout le reste de la journée. Nous avons déjeuné en tête à tête, près de la fenêtre ouverte.

— Qu'est-ce que tu as envie de faire ?

— Je ne sais pas. Ce que tu voudras.

— Cela t'amuserait d'aller au Zoo de Vincennes ?

Elle n'y était jamais allée. Elle ne connaissait les bêtes que pour en avoir vu quelques-unes dans les cirques de passage.

Nous y sommes allés. Le même voile lumineux était toujours tendu sur le ciel et c'était justement une lumière qui ne faisait pas d'ombre. Il y avait foule. On vendait des gâteaux, des crèmes glacées, des cacahouètes à tous les carrefours. On piétinait longtemps devant les cages, devant la fosse aux ours, devant la singerie.

— Regarde, Charles...

Et je les revois, deux chimpanzés, le mâle et la femelle, qui se tenaient étroitement enlacés et qui regardaient, mon juge, un peu comme je vous ai regardés tous, au procès.

C'était le mâle qui, d'un geste à la fois doux et protecteur, tenait la femelle de son long bras.

— Charles...

Oui, je sais. C'est à peu près dans cette pose que nous nous endormions chaque nuit, n'est-ce pas, Martine ? Nous n'étions pas dans une cage, mais nous avions peut-être aussi peur de ce qu'il y avait derrière nos invisibles barreaux, et moi je te serrais contre moi pour te rassurer.

J'étais triste, soudain. Il m'a semblé... Je revois cette foule grouillante au Zoo, ces milliers de familles, ces enfants à qui on achetait des chocolats ou des ballons rouges, ces bandes de jeunes gens bruyants, ces amoureux qui chipaient des fleurs dans les parterres ; j'entends encore ce piétinement sourd de multitude et je nous vois tous les deux, je nous sens tous les deux, j'ai la gorge serrée, sans raison précise, cependant qu'elle murmure :

— Viens les revoir, veux-tu ?

Les deux singes, nos deux singes.

Nous avons marché encore, dans la poussière dont nous finissions par avoir le goût dans la bouche. Nous avons retrouvé notre voiture et moi je pensais : « Si... »

Si elle n'avait été qu'elle, mon juge, si elle n'avait jamais été que celle que j'avais surprise le matin, si elle n'avait été, si nous n'étions l'un et l'autre que comme ce mâle et cette femelle qu'il nous était arrivé, sans nous donner le mot, d'envier !...

— Tu veux dîner à la maison ?

— Comme tu voudras. Elise est sortie, mais il y a de quoi manger.

J'ai préféré dîner au restaurant. J'étais crispé, inquiet. Je sentais que les fantômes étaient là, tout proches, qui n'attendaient que l'occasion de me sauter à la gorge.

J'ai prononcé :

— Qu'est-ce que tu faisais, le dimanche ?

Elle ne pouvait pas s'y tromper. Elle savait de quelle époque de sa vie je parlais. Il lui était impossible de me répondre. Elle a balbutié :

— Je m'ennuyais...

Et ce n'était pas vrai. Elle s'ennuyait peut-être au fond d'elle-même, mais elle s'acharnait à trouver le plaisir, elle allait le chercher n'importe où...

Je me suis levé de table avant la fin du repas. Le soir tombait mollement, trop lentement à mon gré.

— Rentrons...

J'ai voulu conduire. Je ne lui ai pas adressé la parole tout le long du chemin. Je me répétais :

« Il ne faut pas... »

Et ce n'était encore qu'aux coups que je pensais.

« Elle n'a pas mérité ça... C'est une pauvre petite fille... »

Mais oui ! Mais oui ! Je sais ! Qui pourrait savoir mieux que moi ? Hein ? Qui ? Dites-le !

J'ai posé ma main sur sa main au moment où nous entrions dans Issy.

— N'aie pas peur...

— Je n'ai pas peur...

J'aurais dû frapper. Il en était encore temps. Nous étions plus ou moins dans la vie. Il y avait des rues, des trottoirs, des gens qui se promenaient, d'autres assis sur une chaise devant leur seuil. Il y avait des lumières qui luttaient contre le faux jour du crépuscule. Il y avait la Seine et ses péniches assoupies.

J'ai failli lui dire, au moment de mettre la clef dans la serrure :

« N'entrons pas... »

Et pourtant je ne savais rien. Je ne prévoyais rien. Je ne l'avais jamais autant aimée. Ce n'était pas possible, comprenez-moi, pour l'amour de Dieu, comprenez-moi, qu'elle... elle...

J'ai poussé la porte et elle est entrée. Et tout était dit à ce moment. J'avais disposé de quelques secondes pour faire demi-tour. Elle avait eu, elle aussi, le temps d'échapper à son destin, de m'échapper.

Je revois sa nuque, au moment où j'ai tourné le bouton électrique, sa nuque, comme le premier jour, devant le guichet de Nantes, avec les petits cheveux follets.

— Tu te couches tout de suite ?

J'ai dit oui.

Qu'est-ce que nous avions ce soir-là et pourquoi tant de choses nous remontaient-elles à la gorge ?

J'ai préparé son verre de lait. Chaque soir, au lit, après que nous avions fait l'amour, elle buvait un verre de lait.

Et elle l'a bu ce soir-là, le soir du dimanche 3 septembre. Ce qui signifie que nous nous sommes possédés, qu'elle a eu le temps, ensuite, assise dans notre lit, de boire son lait à petites gorgées.

Je ne l'avais pas frappée. J'avais chassé les fantômes.

— Bonne nuit, Charles...

— Bonne nuit, Martine...

Nous répétions ces mots deux ou trois fois, sur un ton particulier, comme une incantation.

— Bonne nuit, Charles...

— Bonne nuit, Martine...

Sa tête a cherché sa place dans le creux de mon épaule et elle a poussé un soupir, son soupir de chaque soir, elle a balbutié, comme chaque soir avant de s'endormir :

— Ce n'est pas chrétien...

Alors les fantômes sont venus, les plus laids, les plus immondes, et il était trop tard, ils le savaient, pour que je me défende.

Martine était endormie... Ou bien elle faisait semblant de dormir, pour m'apaiser.

Ma main, lentement, a monté le long de sa hanche, caressant la peau douce, sa peau si douce, a suivi la courbe de la taille et s'est arrêtée en passant sur la ferme mollesse d'un sein.

Des images, des images toujours, d'autres mains, d'autres caresses...

La rondeur de l'épaule où la peau est le plus lisse, puis un creux tiède, le cou...

Je savais bien, moi, qu'il était trop tard. Tous les fantômes étaient là, l'autre Martine était là, celle qu'ils avaient souillée, tous tant qu'ils étaient, celle qui s'était souillée avec une sorte de frénésie...

Est-ce que ma Martine à moi, celle qui riait si innocemment ce matin encore avec la bonne, devait éternellement en souffrir ? Est-ce que nous devions souffrir, tous les deux, jusqu'à la fin de nos jours ?

Est-ce qu'il ne fallait pas nous délivrer, la délivrer, elle, de toutes ses peurs, de toutes ses hontes ?

Il ne faisait pas noir. Il ne faisait jamais noir dans notre chambre d'Issy, parce qu'il n'y avait qu'un rideau de toile écrue devant les fenêtres et qu'un bec de gaz se trouvait en face.

Je pouvais la voir. Je la voyais. Je voyais ma main autour de son cou et j'ai serré, juge, brutalement, j'ai vu ses yeux s'ouvrir, j'ai vu son premier regard qui était un regard d'effroi, puis tout de suite l'autre, un regard de résignation et de délivrance, un regard d'amour.

J'ai serré. C'étaient mes doigts qui serraient. Je ne pouvais pas faire autrement. Je lui criais :

— Pardon, Martine...

Et je sentais bien qu'elle m'encourageait, qu'elle le voulait, qu'elle avait toujours prévu cette minute-ci, *que c'était le seul moyen d'en sortir.*

Il fallait tuer l'autre une fois pour toutes, afin que ma Martine puisse enfin vivre.

J'ai tué l'autre. En toute connaissance de cause. Vous voyez bien qu'il y a préméditation, qu'il faut qu'il y ait préméditation, sinon ce serait un geste absurde.

Je l'ai tuée pour qu'elle vive, et nos regards continuaient à s'étreindre jusqu'au bout.

Jusqu'au bout, juge. Après quoi notre immobilité

était pareille à l'un et à l'autre. Ma main restait accrochée à sa gorge et elle y est restée accrochée longtemps.

J'ai fermé ses yeux. Je les ai baisés. Je me suis levé, vacillant, et je ne sais pas ce que j'aurais fait si je n'avais entendu le bruit d'une clef dans la serrure. C'était Elise qui rentrait.

Vous l'avez entendue, à la fois aux Assises et dans votre cabinet. Elle n'a jamais fait que répéter :

— Monsieur était très calme, mais il ne ressemblait pas à un homme ordinaire...

Je lui ai dit :

— Allez chercher la police...

Je ne pensais pas au téléphone. J'ai attendu longtemps, assis au bord du lit.

Et c'est pendant ces minutes-là que j'ai compris une chose : qu'il fallait que je vive parce que, tant que je vivrais, ma Martine vivrait.

Elle était en moi. Je la portais comme elle m'avait porté. L'autre était morte, définitivement, mais, tant qu'il y aurait un être humain, moi, pour garder en lui la vraie Martine, la vraie Martine continuerait à exister.

N'était-ce pas pour cela que j'avais tué l'autre ?

Voilà pourquoi j'ai vécu, juge, pourquoi j'ai subi le procès, voilà pourquoi je n'ai pas voulu de votre pitié, ni à vous ni aux autres, ni de tous ces artifices qui auraient pu me faire acquitter. Voilà pourquoi je ne veux pas être tenu pour fou ou pour irresponsable.

Pour Martine.

Pour la vraie Martine.

Pour que je l'aie définitivement délivrée. Pour que notre amour vive, et ce n'est plus qu'en moi qu'il peut vivre.

Je ne suis pas fou. Je ne suis qu'un homme, un homme comme les autres, mais un homme qui a aimé et qui sait ce que c'est que l'amour.

Je vivrai en elle, avec elle, pour elle, aussi longtemps que cela me sera possible et, si je me suis imposé cette attente, si je me suis imposé cette sorte de foire qu'a été le procès, c'est qu'il fallait coûte que coûte qu'elle continue à vivre en quelqu'un.

Si je vous ai écrit cette longue lettre, c'est qu'il faut que le jour où je lâcherai la barre quelqu'un recueille notre héritage afin que ma Martine et son amour ne meurent pas tout à fait.

Nous sommes allés aussi loin que possible. Nous avons fait tout notre possible.

Nous avons voulu la totalité de l'amour.

Adieu, juge.

11

Le jour même où le juge d'instruction Ernest Coméliau, 23 *bis*, rue de Seine, à Paris, recevait cette lettre, les journaux annonçaient que le docteur Charles Alavoine, né à Bourgneuf, en Vendée, s'était donné la mort dans des circonstances assez mystérieuses à l'infirmerie de la prison.

Par égard pour son passé, pour sa profession, étant donné son calme et ce que le médecin-chef de l'établissement pénitentiaire appelle sa bonne humeur, on le laissait parfois seul pendant quelques instants à l'infirmerie, où il avait des soins à prendre.

Il a pu accéder ainsi à l'armoire aux toxiques et s'empoisonner.

Une enquête est ouverte.

15 décembre 1946.

Composition réalisée par JOUVE

IMPRIMÉ EN FRANCE PAR BRODARD ET TAUPIN
Usine de La Flèche (Sarthe)
LIBRAIRIE GÉNÉRALE FRANÇAISE - 43, quai de Grenelle - 75015 Paris.
ISBN : 2-253 - 14276 - X